Irish Twins

Irish Twins

아일랜드 쌍둥이

홍숙영 장편소설

클레이하우스
CLAYHOUSE

제우스의 백조가 잉태시킨 레다의 알 속에서
태양 도시의 쌍둥이인 디오스쿠로이가 태어났다.
그들은 똑같은 영혼을 공유하고 있으므로
사람의 쌍둥이보다 더욱 내밀한 형제이다.
사람의 쌍둥이는 각기 다른 영혼을 가졌지만,
이 쌍둥이는 하나의 영혼을 가졌다.

_미셸 투르니에, 『방드르디, 태평양의 끝』 중에서

이 책에 쏟아진 찬사

고통에 침잠한 채 죽은 듯 살아가던 사람이 기꺼이 누군가의 바닥이 되어주려는 이야기다. 상대가 다시 일어설 수 있도록 스스로 버팀대가 되어주려는 이야기, 그러다 함께 일어설 마음을 먹는 이야기다. 소설은 힘든 시간을 보내고 있는 사람들에게 이렇게 말하는 듯하다. 혼자서 모든 것을 감당하려 하지 말라고, 손을 내밀고 손을 잡아보라고. 그러다 보면 살아갈 이유를, 힘을 발견할 수 있을 거라고. 지금 아파하고 있다면 이 책이 비상구가 되어줄 것이다.

_황보름(소설가, 『어서 오세요, 휴남동 서점입니다』 저자)

우리는 각자의 시간 속에서 각기 다른 방식으로 역사를 겪는다. 그렇게 보면 한 사람의 몸과 마음은 과거와 현재가 공존하는 장소이자 유일하고 개별적인 삶의 기록인 셈이다. 상실과 좌절로 얼룩진 세 청년의 삶을 따라가는 이 소설은 이들이 서로의 아픔에 깊이 감응하는 순간 앞에 독자를 세운다. 연대, 공감, 위로라는 말로는 미처 다

설명할 수 없는 그 마주침은 이 시대와 세대에 던지는 진지하고 아름다운 질문처럼 느껴진다.

_김혜진(소설가, 『딸에 대하여』 저자)

인종도, 환경도, 성격도, 취향도 다른 이들이 납작하게 밀폐됐던 상처를 펼치며 그 정면과 이면을 만나는 과정을 섬세하고도 단단한 치유의 언어로 담아낸 소설. 어떤 상실은 결코 겪기 이전으로 돌아갈수 없고, 어떤 상실은 오래 아물지 않는 상처로 남지만, 그들은 끊임없이 서로를 바라보고, 서로에게 말을 건넨다. 작가가 정교하게 설계한 미로에서 출구를 찾아 걸어가는 인물들을 따라 걷다 보면, 상처와 제대로 헤어지기 위해서는 먼저 그것과 결연히 만나야 하며 "상처만이 상처에 스밀 수 있다"는 걸 납득하지 않을 도리가 없다. 비록이야기가 도달한 그곳에 여전히 아픔이 남아 있다 해도, 그것을 품고 걷는 길에는 고통만 있는 것이 아니며 상처 안에도 따뜻한 온기

가 있다는 걸 알게 된다. 그러므로 상실의 모퉁이마다 연대의 깃발
이 찬란하게 나부끼는 이 이야기를 통과하고 나면, 독자들은 달라진
자신을 마주하게 될 것이다.

_반수연(소설가, 『통영』 저자)

읽는 것을 넘어, 손을 꼭 잡거나 꼭 끌어안고 있다는 느낌을 주는 소
설이 있다. 작가가 작품 속 인물들을 걱정하고 그들을 위해 기도한
다는 느낌 속에서 독자들도 덩달아 치유받기 때문이다. 이 소설의
표면엔 저마다의 밀폐된 슬픔을 묘사하는 정확하고도 시적인 문장
들이 있다. 그리고 심층엔 공적, 사적 고통으로 배척당하고 소외된
자들이 각자의 '맨 밑바닥'으로 서로의 결핍을 받쳐주는 바닥의 공
동체가 있다. 상처의 쓸모와 슬픔의 힘을 온몸으로 증명하는 이 소
설은 낭만적이면서도 실천적이고 현실적이면서도 신비롭다. 한겨울
혹한의 추위 속에서 두 팔 벌려 외로운 사람을 기다리는 따뜻한 프

리허그 같은 이 작품을, 한 사람 한 사람을 위한 테라피스트라고 부르고 싶다.

_박혜진(문학평론가, 《릿터》 편집장)

이 아름다운 소설은 다양한 문화와 정체성이 교차하는 지점을 탐구하고, 트라우마를 가진 이들에게 미술치료가 어떤 도움이 될 수 있는지를 알아본다. 이 소설을 읽고 있노라면 안전한 공간에 발을 들여놓고 친밀한 대화를 나누는 기분이 든다. 조금씩 성장하는 등장인물들과 나란히 걸으며 나 역시 힘을 얻었다.

_샤나 탄(영문 번역가, 『어서 오세요, 휴남동 서점입니다』 역자)

목차

가짜 쌍둥이

규칙적으로 밀려왔다 밀려가는 파도의 예사로운 움직임이 푸른 하늘을 배경으로 잔잔하고 고요하게 펼쳐진다. 드문드문 자리 잡은 낚시꾼과 갈매기에게 먹이를 주는 아이들을 바라보며 나는 입가에 지그시 미소를 머금는다. 그때 어디선가 쇠꼬챙이로 긁는 듯한 날카로운 비명이 들리고 여기저기서 고함이 터져나온다. 눈을 뜨고 있지만 아무것도 볼 수 없고, 이어 귀까지 먹먹해진다. 허공에 손을 뻗어 허우적거리자, 무언가가 품 안으로 후다닥 뛰어든다. 엉겁결에 그를 끌어안고 머리를 파묻는다. 시간이 얼마나 지났을까. 고개를 들자 뿌연 시야를 뚫고 서서히 드러나는 주위는 온통 하얀 천으로 뒤덮여 있다. 곧이어 하얀 천에 붉은 핏물이 번지면 품에 안긴 생명체의 박동이 더는 느껴지지 않고, 나는 서서히 전해오는 냉기를 느끼며 짐승처럼 포효한다.

댕댕 댕댕.

어디선가 종소리가 들리고 거친 울부짖음은 이내 그 소리에 파묻힌다.

매번 비슷한 꿈이다. 살점이 떨어져나간 강아지나 토끼, 때로는 머리가 잘린 채 껑충껑충 뛰어다니는 캥거루 비슷한 동물이 등장하기도 한다. 그때마다 나는 아수라장을 벗어나기 위해 안간힘을 쓰다가 잠이 깬다. 어떤 때는 총소리, 어떤 때는 사이렌 소리, 어떤 때는 망치 소리가 꿈속의 나를 현실로 되돌아오게 한다. 이번에는 종소리가 구제해주었다. 그곳에서 겪은 아비규환에 비하면 꿈속의 장면들은 오히려 덜 끔찍하다. 게다가 꿈은 깨어나 공포에서 놓일 수도 있으니. 두려운 건 꿈이 아니라 나쁜 꿈이 상기시키는 지진해일의 시간이다.

나는 누구나 자신만의 죽음을 안고 태어난다고 믿었다. 때로는 허망하거나 다소 어이없는 죽음도 있었지만, 대개 하나의 삶은 하나의 죽음으로 갈무리되었다. 오랜 병마와 싸우다가 손을 놓고 해방되는 죽음, 가족들의 만류를 뒤로한 채 인자한 낯꽃을 보이며 떠나는 품위 있는 죽음, 대단한 삶을 살았던 인기 스타의 화려한 죽음, 들꽃처럼 살다가 바람처럼 떠난 소박한 죽음, 잠시 머물다 사라진 작은 아이가 가꾼 자그마한 죽음이 있었다. 그러나 그곳에는 그런 각각의 죽음, 그러니까 하나의 삶이 하나의 죽음을 갖는 것은 허락되지 않았다.

담배를 피우려고 집 밖으로 나와 밤하늘을 쳐다보았다. 미국 남부 캐럴주의 작은 마을인 애너빌의 하늘 아래 사는 사람들은 고만고만했다. 랜치 양식의 단층집이나 크래프츠맨 양식의 이층집이나 하얀 벽에 회색 지붕을 얹은 건물 외관은 별다른 특색 없이 단조로웠고 때맞춰 엇비슷한 크리스마스 장식이 빛을 발하고 있었다. 앞마당에는 눈사람과 산타, 사슴, 난쟁이 모형의 조형물 위에 빛줄기가 휘돌려져 있었는데, 어떤 집은 지붕 전체가 알전구로 덮여 반짝거리기도 했다. 내게도 고사리 같은 손으로 전나무를 장식하고 산타의 선물을 기다리던 설렘 가득한 날들이 있었지만, 예기치 않은 사건이 연달아 터지면서 모든 것이 신기루처럼 사라져버렸다.

12월 24일, 오늘은 예수의 탄생일 전날이자 내가 태어난 날이다. 재이는 1월 7일에 태어났고, 나는 같은 해 크리스마스이브에 태어났다. 의령 남씨 성을 가진 아버지는 항렬을 따져 형에게는 재현, 내게는 종현이라는 이름을 붙였고, 사람들은 미국식으로 형은 재이, 나는 존이라고 불렀다.

부부의 금실이 좋아서인지 아니면 조심성이 없어서인지, 같은 해에 아이가 태어나면 부모가 같은 옷을 입히고 같은 물건을 사주며 쌍둥이처럼 키우는 경우가 더러 있었다. 그렇게 같은 해에 태어나 생일이 일 년이 채 차이 나지 않는 우리를 사람들은 아일랜드 쌍둥이라고 불렀다. 어원을 따진다면 피임을 거부하고 생기는 족족 아이를 낳아대는 아일랜드 가톨릭교도를 비하하는 데서 시작되었다지만, 어머니는 어찌 된 영문인지 이런 별칭을 좋아했다. 어머니는 세대를 거듭하면서 여러 인종이 뒤섞이기는 했어도 남부에 사는 미국인의 상당수가 스코틀랜드계와 아일랜드계라는 이유를 들어 우리에게도 그 혈통이 조금은 남아 있을 것이라고 믿었다.

이 별칭은 우리 형제를 쌍둥이로 만들었다. 어머니는 내 기억이 시작될 무렵부터 매년 세인트 패트릭 데이에 형과 내게 초록색 모자를 씌워 축제 행렬을 따라다녔으며, 쌍둥이가 타는 유모차를 태웠고, 똑같은 옷을 입혔다. 지금도 어머니의 집 거실에는 드림캐처가 걸린 벽 아래 선반에 나와 재현이 다섯 살 무렵 찍은 사진이 놓여 있다. 사진 속의 형제는 클로버가 박힌 초록색 요정 모자를 쓰고, 체크무늬 멜빵바지에 하얀 셔츠를 입은 채 함박웃음을 짓고 있다. 어머니에게는 그 시절이 제일 행복한 시간으로 남아 있는 모양이었다.

그러나 이 모든 것은 우리를 진짜 쌍둥이라고 가정할 때 가능한 일이었다. 마치 남남인 남녀 한 쌍이 거짓으로 결혼 생활을 해

나가는 가상 리얼리티 프로그램처럼, 우리는 허구인 가정을 끌고 가며 거짓의 탑을 쌓았다.

곳곳에서 파티가 한창일 시간. 그러나 나는 언제 마지막으로 파티를 열었는지, 아니, 언제 마지막으로 파티에 갔는지조차 기억나지 않았다. 그저 칠흑 같은 암흑이 지배하는 고독의 시간에 익숙해져 무뎌진 채 살아가는 중이었다. 언젠가는 이 모든 게 어떤 식으로든 끝날 것이었기에. 그렇다고 해도 어둡고 차가운 공원의 한 귀퉁이에서 한 모금의 담배와 종소리, 그리고 휘황찬란한 빛에 잠시나마 위안을 얻고 싶은 심정이었다. 가끔 나는 이렇게 아무것에나 혹은 아무에게나 기대고 싶었다. 내게도 더러 위안이 필요했지만, 그건 3천 년 만에 한 번씩 지구를 찾아오는 헤일-밥 혜성처럼 너무 멀리 있었다. 헤일-밥은 초당 4만 8천 킬로미터의 엄청난 속도로 우주를 항해한다. 그러나 태양과 10억 8천만 킬로미터나 떨어져 있어 제자리로 돌아오려면 무려 2천 5백 년이 걸린다고 한다. 도무지 얼마나 먼 거리이고 얼마나 긴 시간인지 가늠이 되지 않지만, 아마도 언젠가는 내게 찾아올 사랑이나 위안의 시공간이 그 언저리일 것이다.

바람 한 가닥, 풀 한 포기에도 의미를 두고, 모래로 성을 짓거나 종이 딱지를 접어 수북이 쌓으면서도 시간 가는 줄 몰랐던 나날들이 이제는 덧없이 무의미하게, 무엇보다 너무나 천천히 흘러갔다.

천근만근 무거워진 내 몸은 더디 가는 시간에 올라탄 채 별로부터 점점 멀어지는 중이었다.

우리는 서로를 알아볼 수 있을까

　일어나 보니 점심시간이 훌쩍 지나 있었다. 밤새도록 게임을 하다가 출출해지면 라면을 끓여 먹거나 냉동 피자를 데워 먹었다. 그러다 새벽녘에 잠이 들어서 일어나면 오후 한두시쯤이었다. 어차피 해가 들지 않는 집이라 아침이건 밤이건 불을 켜두어야 했기에 일상의 리듬 따위는 신경쓸 필요도 없었다. 해가 들어온들, 그래서 일찍 일어나본들 지루하고 긴 하루에 몸을 배배 꼬다가 무슨 일을 저지를지 알 수 없었기에 차라리 이렇게 사는 편이 안전하고 편했다. 수양버들 잎처럼 길게 늘어진 하루가 지나갔고, 그 하루가 모여 한 달이, 한 달이 모여 일 년이 되었다. 해가 뜨고 져도 침묵의 행진은 이어졌고, 이름 없는 시간이 계단을 오르락내리락거렸다.

그새 어머니한테서 전화와 문자가 여러 통 와 있었다. 단아 양이 몹시 아프다고 했다. 나이가 들면서 단아 양은 눈에 띄게 기력이 떨어졌다. 단아 양을 만난 건 어찌 보면 운명이라고 할 수 있었다. 재이 형이 아프기 시작하면서 모든 관심은 형에게 집중되었다. 있으나 마나 한 존재로 귀퉁이에 처박혀 있던 내게, 한 달에 두 번 재이의 상태와 집안 환경을 점검하러 오는 사회복지사 앨리스만이 유일하게 관심의 눈길을 보냈다.

"존!"

세상에 참 상냥한 목소리도 있구나. 그녀의 목소리는 '존'이라는 이름으로 천천히 부드러운 울림을 만들며 내 귓가를 적셨다. 그럴 때면 나는 이상하고 신비한 나라에서 나를 찾아온 앨리스를 부르며 그녀에게 안겼다.

"앨리스!"

내가 다가가 안기자, 그녀는 나를 와락 끌어안으며 볼에 입을 맞추었다.

"존, 어떻게 지냈어? 내가 준 고양이 사진은 잘 갖고 있어?"

하얀 원피스에 빨간 벨트를 맨 앨리스가 앞머리를 쓸어올리며 다정한 목소리로 물었다.

"네. 제 방으로 가서 보실래요?"

내가 고양이를 좋아한다고 하자 앨리스는 고양이 사진을 가져다주었다. 재이와 나는 모두 고양이를 좋아했다. 다른 점이 있다면 재이에게는 고양이 인형이 있고 나에게는 없다는 것이었다. 언젠가 우리는 크리스마스 선물로 고양이 인형을 하나씩 받았는데, 재이가 산책길에서 자기 것을 잃어버린 후부터 내 인형은 형의 것이 되었다. 재이는 고양이 인형을 찾겠다고 난리를 쳤고, 어머니는 "형은 아프잖아"라는 말로 내 것을 형에게 주는 게 당연하다는 듯이 말했다. 아픈 형을 질투하는 건 도리가 아니다, 양보하고 돌봐줘야 한다, 이제는 네가 형이 된 거나 마찬가지야….

왜요? 왜요? 왜요? 나는 질문을 퍼붓고 싶었지만, 아무도 내 물음을 들어주거나 답을 해주지 않으리라는 걸 알았기에 아예 입을 다물어버렸다. 그렇게 나는 존재감을 드러내지 않고 숨죽여 살고 있었다. 누가 알려주거나 시키지 않았어도, 그래야 한다는 걸 본능적으로 알았다.

그런 내게 앨리스만이 귀를 기울이고 기분을 헤아려주었다.

"존, 너 고양이 키워볼래?"

앨리스는 축 처진 내 모습을 보더니 입가에 부드러운 미소를 지으며 말했다.

"정말요? 하지만 부모님이 허락하실까요?"

나는 절망적인 심정으로 물었다.

"내가 말씀드려볼게."

앨리스라면 내가 원하는 것을 이루어줄 수도 있겠다 싶었다.

"제발 그렇게 해주세요. 잘 키울 수 있어요."

나는 간절하게 애원했고, 앨리스의 도움으로 오롯이 나만을 바라보는 새끼 고양이를 입양하게 되었다. 살아서 꼬물거리는 존재를 품에 안자, 아주 오랜만에 내가 살아 있음을 느낄 수 있었다. 온몸이 회색 털로 덮인 고양이는 귀여우면서도 우아한 분위기를 풍겼다. 나는 고양이의 이름을 '단아 양(Miss Elegance)'이라고 지었다. 조그만 종이 상자에 모래를 깔고 플라스틱으로 된 밥그릇과 물그릇도 갖춰 내 방 안에 단아 양이 지낼 수 있는 공간을 마련했다. 방문을 닫아놓고 단아 양이 밖으로 나가지 못하게 하고 싶었지만, 앨리스가 고양이는 그러면 답답해서 오래 못 산다고 했다. 반드시 돌아오니까 걱정하지 말라는 말도 덧붙였다. 아픈 생명은 재이만으로도 벅찼기에, 나는 불안해하면서도 그녀의 조언을 받아들였다.

앨리스의 말대로 단아 양은 낮에는 어디론가 쏘다녔지만, 노을이 질 무렵에는 반드시 돌아왔다. 어디론가 떠나버리지 않을까 불안에 떨던 내 귀에 들려온 고양이의 울음소리는 구원과도 같았다. 밥그릇에 가득 담긴 사료로 허기진 배를 채우고는 꼬리를 꼿꼿이 세운 채 내게 다가와 볼을 비비며 쓰다듬어달라는 몸짓을 하면 가슴이 벅차올랐다. 음식과 물, 애정을 모조리 채운 단아 양은 온몸을 쭉 펴며 몇 번이고 스트레칭을 해댔다. 꼬리를 따라 뱅글뱅글 돌며 장난을 치거나 방울이 달린 공을 굴리며 시끄럽게 놀기도 했다. 나는 단아 양의 행복을 위해 모든 것을 바치겠다고 다짐했다. 그리고 단아 양 역시 나를 사랑하기에 곁을 떠나는 일 따위는 절대 없을 것이라고 굳게 믿었다. 그런데, 그런 단아 양이 근래 들어 자주 아프고 힘이 빠진 모습을 보였다.

어머니가 전화를 받지 않아 우버를 불러 어머니의 집으로 향했다. 문을 열자 낯선 여자가 서 있었다.

"조안의 아들 종현 씨 맞죠? 사진에서 봤어요."

"누구시죠?"

처음 보는데 나를 알은체하는 그녀의 정체가 궁금했다.

"아, 저는 수희라고 해요, 백수희. 조안 룸메이트예요. 어제부터 여기 이층에 머무르고 있어요."

그러고 보니 어머니가 지난주에 언뜻 말을 했던 것도 같았다. 언제부터인가 나는 어머니의 말을 건성으로 흘려듣는 버릇이 생겼다.

"단아 양이 아프다고 해서 왔습니다."

"어머니께서 동물병원에 데리고 가셨어요. 종현 씨 연락을 기다리다가 한 시간 전쯤 떠나셨어요."

나는 지나치게 깍듯한 그녀의 말투가 불편했다.

"그냥 종현이나 존이라고 편하게 부르세요."

"알았어요. 존, 점심 먹으려고 하는데 같이 할래요?"

수희가 턱 끝을 살짝 올리며 물었다.

"괜찮아요. 그냥 시원한 물 한잔만 마시면 됩니다."

"라면 끓이려는데, 정말 괜찮아요?"

그녀는 혼자 먹기가 미안한 듯 거듭 나의 의사를 확인했다.

"라면이라면 거절하기가 어렵겠는데요."

나는 어깨를 으쓱하며 그녀의 권유에 응했다. 어제저녁에 먹은 피자와 맥주가 아직도 배 속에 꽉 차 있는 느낌이었는데, 얼큰한 라면이라면 속이 풀릴 것 같았다.

수희는 냄비에 물을 올려놓은 다음 뒤뜰로 나가더니 고추와 오이를 갖고 들어왔다.

"미국에 와서 이런 생활을 하리라고는 짐작도 못 했어요. 어렸을 때 체험 학습 하러 딸기 농장에 가본 게 다거든요."

그녀는 신기하다는 듯 뒤뜰에 눈길을 주며 말했다.

"여기는 정원 가꾸는 일에 꽤 시간을 들이죠. 마치 경쟁이라도 하듯 앞뜰에 낮은 나무와 예쁜 꽃을 심고 뒤뜰에는 먹을 수 있는 채소를 키웁니다. 어머니도 경쟁에서 지는 건 싫어하시죠."

"높이 올라가고 싶은 건 누구나 마찬가지예요."

이렇게 말하는 수희는 마치 모든 일에 달관한 사람처럼 보였다. 후루룩거리며 라면을 먹는 소리만 이어지는 어색한 순간에 수희가 입을 열었다.

"존, 저, 부탁이 있는데, 혹시 짬을 내어 운전면허 따는 것과 자동차 사는 것 좀 도와줄 수 있어요?"

내가 뭐 하는 사람인지 물어보지도 않고 무언가를 부탁하는 사람은 처음이었다. 나는 수희의 동그랗고 커다란 눈을 바라보았다. 그녀의 눈동자 깊은 곳에는 소박하고 단아하지만 어딘가 쓸쓸한 분위기의 호수가 있었다. 문득, 그곳에서 한 마리 물새가 춤추듯 찰랑거리는 소리가 들렸다. 꽃무늬 원피스를 입은 그녀는 긴 머리카락을 허투루 틀어올린 것이 자연스러워 보였고, 체격은 왜소한 편이었다. 여기 기준으로 보자면 열대여섯 살 같았지만, 면허를 딴다고 한 데다가 혼자 미국까지 온 걸 보면 스무 살은 넘었을 텐데 한국 사람들은 도무지 나이를 가늠하기 어려웠다.

"좋습니다. 그런데 지금 내가 사정상 운전을 할 수 없어요. 내 차는 아파트 주차장에 있으니까 그걸로 연습하고, 면허 딸 때까지는 불편해도 우버로 이동하면 됩니다."

구차한 내 사정을 일일이 설명하기 싫어 얼버무렸지만, 어떻게든 그녀를 도와주고 싶어 짧은 시간에 머리를 쥐어짰다.

"네, 고마워요. 필기시험은 다행히 바로 통과했어요. 이제 실기만 보면 되는데 어떤 식으로 진행하는지 몰라서 고민이에요."

수희가 걱정스러운 듯 미간을 살짝 찡그렸다. 정보를 보내주겠다고 그녀를 안심시키며 여기 온 지 얼마나 됐느냐고 물었다.

"이제 일 년 넘었어요. 안나 할머니 아시죠? 당신 할머니의 친구분이라고 들었어요. 여기 오기 전 한국에서 지인의 소개를 받아

안나 할머니 댁에서 지내고 있었어요. 집 앞으로 학교 셔틀버스가 다니고 주말에는 할머니와 같이 움직일 수 있어서 좋았는데, 할머니가 병원에 입원하시는 바람에 급하게 집을 구하게 됐어요."

"할머니의 상태가 꽤 심각한가 보군요."

나는 항상 쾌활하고 반듯했던 그분을 떠올렸다. 안나 할머니는 박영순 여사, 그러니까 내 친할머니의 친구분이다. 항상 적극적이며 아는 것도 많고 다정한 분이었는데, 병원에 입원하셨다니. 하긴 그렇게 씩씩하던 박영순 여사도 거동이 불편해 지팡이에 의지하는 걸 보면 연로한 분들은 언제 어떻게 될지 알 수가 없다.

"그런가 봐요. 좀 괜찮아지면 요양원에서 지내실 거라고 했어요. 조안과 함께 있게 돼서 천만다행이지만, 안나 할머니가 요양원에 가신다니 마음이 편치 않아요."

수희는 금방이라도 눈물방울을 떨어뜨릴 것 같은 기색이었다. 서둘러 대화의 방향을 돌리려는데 별안간 요란하게 차고 문을 여는 소리가 났다. 어머니였다. 부엌으로 들어서는 어머니 품에 안긴 단아 양을 향해 나는 양팔을 벌리며 오라고 손짓했다. 어머니가 허리를 숙이며 내려주자, 단아 양은 느릿느릿 내게 다가와 꼬리로 살짝 무릎을 치고는 만사가 귀찮은 듯 거실 바닥에 깔린 밤색 러그에 몸을 뉘었다.

"병원에서는 뭐라고 했어요?"

"나이가 들어서 전부 안 좋은가 봐. 일단 치료는 했으니까, 당분간은 괜찮을 거래.”

나는 일본으로 가면서 단아 양을 어머니에게 맡겼고 그 이후로 그녀는 어머니의 차지가 되었다. 단아 양은 사람으로 치자면 고령의 할머니가 다 되었지만, 내게는 언제나 귀엽고 보드라운 새끼 고양이였다.

“어머니, 단아 양은 제가 데리고 가겠습니다.”

“안 돼.”

어머니는 단호한 말투였다.

“언제 자고 일어나는지도 모르는데 밥이나 제때 주겠니? 보나 마나 집도 엉망일 테고, 담배 연기까지 뿜어대면 단아 양 오래 못 살아.”

나는 수희를 쳐다보았다. 수희의 입꼬리가 살짝 올라간 듯했다. 어머니는 눈치가 없다는 것이 가장 큰 문제다. 처음 만난 사람도 있는 자리에서 저런 식으로 까발리며 면박을 주다니. 수희에게 좋은 모습을 보여주려고 했는데 어머니 때문에 시작부터 난관에 부딪혔다.

수희를 보자마자 나는 리사를 떠올렸다. 리사는 내게 있어 모든 여자의 척도였다. 한국에 갔을 때 잠시 알았던 그녀, 윤지를 제외한다면, 리사는 짧지도 길지도 않은 내 삶에 유일한 사랑이었다. 수희 앞에서 나는 그럴듯한 사람으로 보이고 싶었다. 더 있어봤자 어머니에게서 좋은 소리를 듣기는 어려울 게 뻔했기에 자리에서 일어났다.

"벌써 가려고?"

"네, 단아 양 병원비는 제가 내겠습니다. 얼마인지 알려주시면 수표 보낼게요."

내가 갑자기 일어서자 수희는 당황한 기색이었다.

"아, 일하러 갈 시간이 다 돼서 준비하려고 합니다. 수희씨 부탁 은 들어드릴 테니 걱정 마세요."

그제야 수희는 다행이라는 표정을 지으며 문밖까지 따라 나와 손을 흔들었다. 오랫동안 받아본 적 없는 정겨운 배웅이었다.

집에 오자마자 나는 언제 마지막으로 했는지 기억도 나지 않는 청소를 시작했다. 맥주 캔이 족히 백 개는 넘는 것 같았고, 13갤런 짜리 쓰레기봉투 세 개가 가득찼다. 쓰레기 더미에 올라 쓰레기 같이 살아가는 날들이었지만, 그래도 괜찮다고 여겼다. 삶이란 건 별것 아니다. 내 의지와 상관없이 태어나 살아지니까, 이렇게 살 아 있으니까, 그걸로 충분하리라는, 그런 심정이었다.

수희는 한국에서 운전한 경험은 없었고, 오기 직전에 면허를 땄 다고 했는데 감각이 있어 보였다. 몇 가지 법규만 익힌다면 미국 에서 차를 모는 데 큰 어려움은 없을 성싶었다.

"지금 바로 실기시험을 봐도 되겠는데요."

"자신이 없어요."

수희는 아랫입술을 살짝 내밀며 풀죽은 기색을 했다.

"빈말 아닙니다. 여기서는 열여섯 살부터 운전해요. 시험관이 하는 영어는 출발, 직진, 좌회전, 우회전, 정지, 유턴. 그게 다니까 걱정할 필요 없습니다."

그녀를 격려하려고 마음먹자 저절로 목소리 톤이 높아지고 속도도 빨라졌다.

"그런가요? 그럼 지금은 좀 그렇고, 마음의 준비를 단단히 해서 내일 볼까요?"

"그렇게 해요. 그리고 면허를 따면 당분간 내 차를 타고 다녀도 됩니다. 어차피 나는 지금 면허정지 상태라 삼 개월 뒤에나 차를 몰 수 있거든요."

나는 망설이다가 면허정지라는 말을 꺼냈다.

"그럴 수는 없어요. 괜찮아요."

수희는 강한 어조로 말하며 손을 내저었다.

"가끔 차 필요할 때 좀 태워줘요. 슈퍼에 가거나 그럴 때. 그거면 됩니다. 내 차로 다니면서 차에 대한 정보를 알아보고, 언제든 적당한 차가 있을 때 사면 되니까요. 기사가 필요해서 그럽니다."

나는 수희의 손에 자동차 열쇠를 쥐여주었다. 그제야 수희는 면허를 따면 한턱내겠다고 했다. 그녀는 눈가에 웃음을 살짝 머금었지만, 나는 속눈썹이 파르르 흔들리는 짧은 순간을 놓치지 않았다. 슬픔의 베일로 덮인 그녀의 얼굴이 온전히 내 눈에 들어왔다.

아마도 속눈썹 끝에는 는개가 내려앉아 있을 것이고, 어금니에는 쓰디쓴 치커리를 물고 있을 것이 분명했다. 그러자 나는 무언가라도, 그녀를 위해 나비의 날갯짓만큼 가벼운 일이라도 해야 할 것 같은 감정이 모래바람처럼 일었다. 그렇게라도 한다면, 무의미하게 살아가는 지금, 조금이나마 쓰임새 있는 존재가 될 수도 있을 것이었다. 무엇보다 그런 생각만으로도 가치 있는 삶에 한 발짝 다가간 것 같았다. 우습게도 아주 오랜만에 맛보는 흐뭇함이었다.

　수희를 떠올리며 잠시 달콤한 기분에 빠져 있는데 휴대전화가 울렸다.

　"어떻게 됐어요?"

　"왜 삼각점 턴을 안 가르쳐줬어요?"

　수희는 짐짓 화난 목소리였다. 나는 죄지은 사람처럼 기어들어가는 소리로 물었다.

　"그게 뭐죠?"

　"정말 몰라요? 좁은 길에서 유턴하는 거래요. 반 돌리고 뒤로 갔다가 다시 앞으로 가는 거."

　"아, 그걸 삼각점 턴이라고 하는군요. 그래서 떨어졌습니까?"

　나는 안타까운 기분이 들었다.

　"아뇨. 붙었어요."

　수희는 내가 속아넘어간 게 재미있다는 듯 경쾌한 목소리로 말했다.

"와! 축하해요."

그제야 나는 가슴을 쓸어내리며 그녀의 합격을 축하해주었다.

"시험관한테 삼각점 턴이 뭐냐고 물어보니까 처음엔 가르쳐줄 수 없다더니 손짓으로 슬쩍 알려주더라고요. 긴장해서 핸들을 꽉 잡은 모습이 안돼 보였나 봐요."

수희는 약속대로 한턱내겠다며 어떤 음식을 좋아하느냐고 물었다.

"한국 음식은 뭐든 좋아합니다."

"음, 난 그동안 한국 음식 실컷 먹었어요. 안나 할머니는 오로지 한식만 드셨거든요. 이제 이곳 사람들의 음식을 먹어보고 싶어요. 단, 당신이 좋아하는 거로요."

"그럼 미국 남부의 전통 음식인 바비큐를 추천해요."

"아, 바비큐라면 한국에서도 실컷 먹어봤어요."

수희는 다소 실망한 듯했다.

"아니, 한국에서 먹는 것과는 차원이 다릅니다. 가보면 놀랄 겁니다."

나는 이곳의 바비큐가 얼마나 특별한지 보여주고 싶었다.

"호기심과 도전 정신이 발동하네요. 그렇다면 한번 시도해볼까요?"

수희는 장난기 섞인 투로 말하며 저녁 약속을 정했다.

동네에서 가장 오래된 바비큐 레스토랑으로 갈까 하다가 샘 존스로 수희를 안내했다. 대를 이어 비법을 이어받은 내 또래의 사장이 하는 곳이었다.

"천장이 정말 높아요. 벽에 걸린 흑백 사진은 예전 모습인가 봐요."

"맞습니다. 지금 사장의 할아버지가 시작한 식당이죠."

수희는 식당의 곳곳을 눈에 담으려는 듯 세심하게 바라보았다.

"그냥 살코기네요. 나는 뼈째 들고 뜯어먹는 건 줄 알았어요."

종업원이 음식을 내오자 수희는 기대와 달랐는지 약간 맥 빠진 눈치였다.

"이건 풀드 바비큐인데, 캐럴 지역에서도 이스턴 스타일로 알려져 있습니다. 렉싱턴 스타일은 토마토소스를 베이스로 하지만, 이스턴 스타일은 식초와 후추가 기본이죠. 숯과 연기를 이용해 통돼지의 살점이 떨어져나갈 때까지 익혀요. 그런 다음 살코기를 칼로 잘게 썰어서 냅니다. 기름기는 거의 없지만 육질이 촉촉하고, 부드러우면서도 신맛을 느낄 수 있습니다."

어떤 때는 삶의 고문에서 벗어날 수 있다면 살점과 함께 영혼마저 소진되더라도 숯과 연기로 나를 그을리고 싶은 간절함이 일기도 했다. 그렇지만 수희와 마주앉아 바비큐를 먹는 순간에는 생의 기운이 회복되었고, 그녀와 오래도록 이런 시간을 갖고 싶었다. 바비큐를 맛본 수희는 감탄사를 쏟아냈다.

"이런 맛은 처음이에요. 보기와는 전혀 다르네요. 중독될 것 같은데요. 난 새콤한 음식을 좋아하거든요. 김치도 시어 꼬부라진 것만 먹어요."

절반의 한국인인 나도 신김치로 만든 볶음밥과 부침개를 좋아합니다. 시어 꼬부라진 김치의 매력을 알죠. 그렇지만 나는 어둠의 자손이라 열등감과 무력감, 그리고 오래된 슬픔을 지니고 있습니다. 나와는 달리 당신의 슬픔은 잠시 내려앉았다 지나가는 소나기 같은 것이 분명합니다. 당신은 자존감과 자신감이 강한, 그러니까 나와는 전혀 다른 부류의 사람이라는 걸 금방 알 수 있어요. 우리 둘 다 묵은지를 좋아하고 우중충한 커튼을 드리운 채 살아가고 있지만, 태생은 다릅니다. 어두운 주문에 걸려 헤어나오지 못하는 나는 당신의 친구도, 그 무엇도 될 수 없겠군요.

수희가 바비큐의 맛에 찬사를 보내며 먹는 일에 집중하는 동안 나는 찬찬히 그녀를 관찰하며 침묵의 말을 건넸다. 오래된 슬픔은 뿌리가 깊고, 떼어낼 수 없고, 밝은 낯빛을 보일 수 없다. 끝을 모르는 땅굴 속에서 쉼 없이 흙을 파내지만, 빛을 보기 위해서가 아니라 그렇게 운명 지어진, 원형의 슬픔이다. 그러나 수희는 천성이 명랑한 것이 분명했다. 그러니까 그녀는 지금 잠시 애수의 그림자에 가려 눈가가 젖어 있을 뿐이었다. 비의 계절이 지나가면 곧바로 원래의 모습을 회복할 수 있는, 그런 종류의 슬픔이었다.

그때 나는 그녀에게 묻고 싶었다. 그게 뭐냐고. 도대체 심연에 감춘 검은 열매의 정체가 뭐냐고. 왜 여기까지 왔느냐고. 그러나 모든 일에는 때와 순서가 있는 법이다. 모처럼 만난, 말이 통하면서 도움이 되고 싶은 존재에게 성급하게 굴 필요는 없었다.

시간이 흐를수록 선명해지는 기억들

깨끗해진 거실 중앙에 서서 집 안을 한 바퀴 둘러보았다. 이곳에서 나는 무엇을 하고 있는지. 아무런 목적도 없이 그냥 살아가는 내게 이런 질문은 무의미하지만, 혹시라도 수희가 물어본다면 뭐라고 답해야 할까.

수희는 내게 질문을 던지지 않은 채 자신의 이야기를 조금씩 들려준다. 그러나 그녀가 이처럼 한 발씩 다가온다 한들, 나에게는 들려줄 이야기가 없어 한 발짝도 다가갈 수 없다. 나는 폭탄을 안고 살아가는 사람이다. 누구에게도 다가가서는 안 된다.

"존, 너는 뭐가 되고 싶어?"

스무 살, 처음 방문한 한국에서 만난 친구들은 나름대로 꿈이라는 것을 갖고 있었다. 온라인 쇼핑몰을 운영하는 친구도 있었고, 카페를 열기 위해 바리스타 자격증을 따고 카페에서 일하는 이도 있었다. 대기업에 취직하겠다거나 연예인이나 기자, 아나운서, 혹은 IT 전문가가 되겠다는, 그런 종류의 크고 작은 꿈을 안은 채 저마다 그것을 이루기 위해 대학에 다니고, 자격증을 따고, 인턴으로 일하며 스펙을 쌓는 중이었다. 클럽이나 술집에서 놀 때는 제정신이 아닌 듯했고, 아무런 의지나 의식 없이 그저 하루하루를 허비하며 살아가는 것처럼 보였지만, 다들 무언가를 준비하고 있다는 것이 놀라웠다.

나는 고등학생 시절부터 아르바이트를 전전하며 살았는데, 주로 레스토랑의 주방 일을 했다. 일은 쉽고 단순했으며, 사람들과 부딪히면서 받는 스트레스도 거의 없었다. 먹는 것은 해결되었고, 주급과 팁으로 집세와 차 할부금을 내면 빠듯하기는 해도 그럭저럭 살 만했다. 미국에서는 무슨 일을 하느냐고 물어보는 사람은 있어도 꿈이 뭐냐고 묻는 사람은 없었다. 그런데 한국에서는 꿈이나 희망, 근사한 장래 같은 것들이 관심의 대상이었고, 누구나 스스럼없이 화두를 던졌다. 그런 것을 고민한 적이 없었기에 당황한 나는 얼떨결에 재이의 장래 희망이었던 군인이라고 답했다. 사실 재이는 군인 중에서도 장군을 꿈꾸었고, 장래 희망이 뭔지도 몰랐던 어린 시절, 나도 재이를 따라 장군이 되겠다고 했다. 그럴 때마다 아버지는 우리 집안에서 장군이 둘이나 나올 거라며 호탕하게 웃곤 했다.

재이는 병에 걸리기 전 총과 칼, 수통, 벨트 등 군인에게 필요한 용품을 좋아했고 옷이나 신발도 밀리터리 룩에 가까운 것들이었다. 적과 싸움하는 게임을 즐겼으며, 게임에서 그는 언제나 영웅이었다. 재이는 노래를 잘하는 것을 재능으로 여겼고, 장군이 되겠다는 뚜렷한 꿈이 있었다. 나는 어릴 때도, 성인이 된 이후에도 삶의 목표 따위를 세우거나 미래를 그려본 적이 거의 없었다. 재이가 좋아하는 놀이를 따라 하면서 나는 그의 세계에 익숙해졌지만, 단순히 재이에게 소외당하지 않기 위해 그를 모방했을 뿐이었다. 사춘기에 접어들 무렵 잠시 자동차 레이서를 꿈꾼 적도 있었지만, 어림도 없다는 것을 알았기에 아무에게도 말하지 않은 채 접어버렸다.

단계별로 도달하고 싶은 목표조차 세우지 않았던 내게 꿈은 들어보지 못한 먼 나라의 이름이나 외계의 단어처럼 낯설고 의미 없는 것이었다. 그래도 밤하늘에 떠 있는 별이 아름다운 건 사실이었고, 꿈 역시 그런 게 아닐까 하는 의문이 갑작스레 파도처럼 일렁거렸다.

"군인? 그럼, 사관학교에 다녀?"

"아니, 이번에 가서 지원하려고 해. 미국은 신체만 건강하면 되거든."

이렇게 말하는 동안 나의 미래는 점점 구체적인 모양새를 갖추게 되었다. 재이라면 어땠을까. 어떻게 살아갈지 아무런 계획이 없던 나는 재이의 세상으로 미끄러져 들어가며 꿈 비슷한 것을 그리기 시작했다.

한국에서 돌아오자마자 나는 입대를 준비했고 어머니의 전폭적인 지지를 받았다.

"존, 정말 잘 결정했어. 기왕이면 의무병 같은 게 좋을 것 같구나. 혹시 군대에서 나오더라도 나중에 대학에 진학해서 공부를 계속하고 자격증을 따면 간호사나 치위생사, 물리치료사 같은 일도 할 수 있어."

"어머니는 나 못 믿어서 그러죠?"

"너를 못 믿는 게 아니라 사람의 앞일은 알 수 없으니까 그런 거지."

가까스로 고등학교를 나와 시간제 일거리를 전전하며 살아가는 나를 아버지는 노골적으로 비난하며 무시했고, 어머니는 낮은 한숨을 내뱉거나 멍하니 먼 데를 바라보는 것으로 부담을 안겼다. 사관학교에 갈 정도의 실력은 안 되었기에 어머니의 조언에 따라 위생병으로 지원했다. 군에서 시행하는 의료 교육을 이수하면 위생병이 되어 전 세계를 돌아다닐 수 있었다. 리사를 떠나는 것이 걸리기는 했지만, 기다려줄 것을 알았기에 결심을 굳혔다. 단아 양은 어머니가 나보다 더 잘 돌봐줄 것이었으므로 크게 걱정하지는 않았다. 재이의 흔적이 남아 있지 않은 곳으로 떠나 재이가 꿈꾸었던 미래와 조금이라도 닮은 삶을 살 수 있었다. 얼마간의 기대에 모처럼 가슴이 부푼 나날이었다. 군인이 되려고 했을 때 제일 먼저 떠올린 장면은 의기양양하게 개선하는 모습이었다. 동시에 죽음도 따라왔는데, 그때까지만 해도 내게 죽음이란 재이가 그랬던 것처럼 고통을 끝내고 안식에 들어가는 것을 의미했다.

해군 의무병이 되어 항공모함 코스모스호를 타게 된 나는 설레어 잠도 거의 못 잘 지경이었다. 배를 타고 전 세계를 돌아다니며 모험한다고 상상하니 어떤 위험이 닥쳐도 극복할 수 있을 것만 같았다. 보이는 적과 보이지 않는 적에 대비하기 위해 항상 긴장 속에서 지내야 했고, 언제 무슨 일이 생길지 알 수 없었다. 하지만 천하무적 같은 미국 항공모함에 감히 덤빌 적은 없어 보였다. 배에 타고 있으면 오히려 안도감마저 들었다.

미군이 되면서 비로소 나는 소속감이라는 것을 갖게 되었다. 그 이전의 남종현은 어디에도 속하지 못한 채 플랑크톤처럼 부유하는 존재였다. 나의 생김새와 언어, 식습관, 예절, 취향은 미국식도 한국식도 아닌 이것저것 섞인 혼합물에 불과했는데, 군대에 들어가고 나서부터는 아무도 나를 이방인으로 취급하지 않았다. 누군가 어디 출신이냐고 물어보면 그저 캐럴 출신이라고 답하면 되었다. 잘 알지도 못하는 조상의 기원이나 뿌리가 어쩌고저쩌고하는 구차한 설명을 덧붙일 필요가 없었다. 나는 그저 예정에 없던 꿈을 좇으며, 시키는 대로 배를 타고 내리는 생활이 계속되리라 믿었다. 하지만 기대했던 꿈은 그곳에 없었고, 예상하지도 못했던, 죽음도 삶도 아닌, 지진해일이 있었다.

"아직껏 특별한 문제는 없습니다. 이상 징후가 있으면 언제라도 방문하십시오."

여태 아무런 병에도 걸리지 않고 살아 있다는 의사의 말에 안도의 한숨이라도 쉬어야 하느냐고 묻고 싶었다. 방사능 피폭의 증상이나 치료법은 제대로 알려지지 않았다. 발병해도 인과관계를 따질 만큼 충분한 데이터가 없을뿐더러 피해자와 가족들이 천형이라 여겨 쉬쉬하면서 살아가는 삶을 선택하기 때문이다. 어떤 가해자도 책임지지 않으며, 죄책감을 느끼지 않는다. 그저 피해자들만 마냥 기다리며 흔들리는 삶을 살아간다. 나도 이제 재이처럼 죽음을 기다리는 불치병 환자가 되었다. 재이보다는 정신이 훨씬 멀쩡하기에 아마도 내가 더 큰 괴로움을 느낄 것이다. 몸이 망가질 때 덜 괴로우려면 정신도 함께 망가져야 한다. 명징한 정신으로 신체의 각 기관이 파괴되어가는 것을 지켜본다는 건 쓰라린 형벌이다. 그런 면에서 재이는 나보다 더 편하게 병을 견뎠을 것이고, 그건 그의 비극적 운명에 내려진, 최소한의 축복일 수도 있었겠다.

군대에서 허리 디스크를 얻은 데다 언제 발병할지 모르는 잠재적 병까지 얻은 덕분에 나는 큰돈을 쓰지 않는 이상 조금만 일하고도 지원금을 받으면서 어떻게든 살아갈 수 있게 되었다. 행운까지는 아니지만, 적어도 저주는 아니라고 믿는다. 지금처럼 지낸다면 사실 그다지 돈이 들어갈 일도 없다. 언제 발견될지 모르는 병에 대한 걱정을 제외하면 평생 놀고먹으며 살 수 있다는 것은 복권에 당첨된 것과 비슷하다. 게다가 지금 당장 심각하게 아픈 것도 아니니 운이 좋은 것도 같다. 어머니와 아버지는 이런 내 상황을 비극적으로 바라보지만, 나는 낙관을 넘어 해탈의 경지에 이르렀다. 모든 사람은 언젠가는 죽기에 그 시간이 다가오기 전까지 빈둥거릴 수 있는 것은 선택받은 사람만이 누릴 수 있는 특권일 수도 있지 않을까. 그렇지만 지금의 내 모습이 멋져 보이지 않는다는 것 정도는 알고 있었다.

수희가 던지지 않은 질문, 그러니까 내가 뭐 하는 인간인지, 무엇을 하며 살아갈 인간인지 같은 질문을 던진다면 어떻게 대답할까 생각해보는 것만으로도 또 한 번의 삶을 시작하는 기분이 들었다. 얼어붙은 강의 표면 밑으로 도르르 물이 흐르는 소리가 들리고, 멀리서 기차의 기적소리가 들리는 것처럼 기다리던 반가운 무언가가 다가오는 느낌이었다.

어제의 눈곱을 달고 깜깜한 땅굴 속에 들어앉아 있는 동안 세상은 변해도 한참을 변해 있었다. 선착장은 번듯해지고, 푸른 강물은 흘러가고, 하얀 새들은 솟구쳐 날아오르는데도 나는 콜록거리며 늙기만을 기다리는 사공처럼 매번 같은 장소만을 오갔다. 이것저것 알아보니 재향군인에게는 여러 가지 혜택이 주어졌고, 교육도 그중 하나였다. 전문대든 4년제든 합격하면 학비는 장학금으로 대신할 수 있었고, 군대에서 받은 교육 일부를 대학 과정으로 인정받을 수도 있었다. 국가와 세계 평화를 위해 자발적으로 일하는 군인에게 관대한 것은 미국의 자랑이었지만, 일본에 갔다온 우리는 알고 있었다. 무언가를, 누군가를 필요로 할 때 권력은 부드러운 얼굴을 하며 감미로운 말로 유혹하지만, 효용 가치가 떨어지면 가차 없이 버린다는 것을. 그전까지는 그들의 실상이 드러나지 않도록 가면을 쓰고 철저히 위장한다는 것을.

입학 담당자와 상담하려면 본인이 직접 가야 했다. 나는 수희에게 문자를 보내 다음주 월요일 오후에 차를 태워줄 수 있느냐고 물었다. 수희는 가능하다며 그전에 같이 차를 보러 가달라고 했다. 드디어 차를 살 모양이었다.

"땅이 넓다는 게 축복인지 뭔지 모르겠어요. 차가 없으면 꼼짝을 할 수 없으니. 대중교통도 없이 다들 어떻게 사는지 궁금해요."

중고차 딜러숍에 주차하던 수희는 주차 공간이 어떻게 이렇게 넓을 수 있느냐며 감탄했다.

"어딘지 이름은 잊어버렸는데, 아주 땅이 넓은 어느 도시에 에스컬레이터가 딱 한 대 있다고 들었습니다. 땅이 넓으니까 그 도시에는 이층 건물이 필요 없다더군요. 그 지역의 유일한 쇼핑센터 건물만 제외하고는 말이죠. 아이들에게 가장 좋은 선물은 그 건물에 가서 에스컬레이터를 타고 식사를 하러 가는 것이라고 했습니다."

내 말에 수희는 믿기 힘들다는 듯 고개를 갸웃거렸다.

"그게 소원이고 선물이 되기도 하네요. 한국은 땅이 좁아서 주차 빌딩으로 올라가거나 지하 육칠층까지 내려가야 주차가 가능한 건물도 많아요."

수희는 마치 눈앞에 한국의 주차장을 그려보는 것 같았다.

"나는 주로 대중교통을 이용했지만 가족과 함께 외출할 때면 아버지의 차를 탔는데, 더러 그런 경우가 있었죠."

거기서 수희는 잠시 숨을 고르더니 더듬거렸다.

"나는, 우리는, 상우는."

수희는 더는 말을 잇지 못하고 흐느끼기 시작했다. 그녀의 흐느낌은 점차 격렬해지더니 주체할 수 없는 지경에 이르렀다. 그녀의 설움은 강을 이루었고, 강둑을 넘어 흘러넘쳤고, 이윽고 황폐한 대지를 적셨다. 나는 그저 잦아들기를 기다리며 수희를 바라보다 눈을 돌려 멀리 옥수수밭을 바라보기를 반복했다. 한참을 울던 그녀는 다시 운전대를 잡았다.

"운전할 수 있겠습니까?"

"일단 집으로 가야겠어요."

잠시 그쳤던 그녀의 눈물은 계속 소리 없이 흘러내렸고, 집에 도착해서도 멈추지 않았다. 나는 그런 그녀가 안쓰러워 집 안으로 따라 들어갔다. 수희는 이층으로 올라갈 힘도 없는지 소파에 무너지듯 주저앉았다. 나는 부엌으로 가서 어머니가 즐겨 마시는 칼루아 밀크를 약하게 만든 다음 소파에 기댄 채 눈을 감고 있는 수희에게 권했다.

"이거 좀 마셔봐요. 달콤해서 기분 좋아질 겁니다. 별로 독하지 않아요."

수희는 조용히 잔을 받아들었다.

"한국을 떠나오면 괜찮을 줄 알았어요. 그런데 가족에 관한 이야기를 꺼내자마자 나도 모르게 그만…. 동생 기억에 눈물을 주체할 수 없었어요."

"동생에게 무슨 일이 있었습니까?"

질문을 던지자마자 아차 싶었다. 한 발자국도 다가갈 수 없으면서 그녀의 세계를 열어 보이라고 하는 건 공평하지 않았다.

"아, 괜한 걸 물어봤습니다. 미안합니다."

수희는 나를 빤히 쳐다보더니 나지막한 목소리로 독백하듯 중얼거렸다.

"동생이 해변에서 사고를 당했어요. 동생도 군인이었죠."

어렴풋이 한국에서 들려온 군대에 관한 사건 사고를 떠올렸다.

단골손님처럼 심심하면 화면에 등장하는 미사일 발사와 남북한 교전, 핵실험 같은 소식들. 그러나 언제부터인가 한국은 나의 관심에서 벗어났고, 어쩌다 한국 뉴스를 듣거나 어머니가 알려주는 정도의 소식만을 접할 뿐이었다. 그 나라에서 발생하는 희극이나 비극은 그저 한 건의 이벤트에 불과했다. 아니, 어디에서 일어난 사건이든 그랬다. 잊을 만하면 일어나는 총기 난사 사건이나 테러, 지진, 건물 붕괴 같은 뉴스는 관심을 두지 않았고 자세히 보지도 않았다. 죽음이라면, 전쟁 같은 죽음이라면, 나도 이미 무수히 겪은 터다. 어떤 말로든 수희를 위로해주고 싶었지만, 자세히 알지도 못하면서 섣불리 말을 꺼냈다가는 도리어 그녀를 자극할 수도 있을 것 같아 말을 멈췄다. 전쟁터도 아닌 곳에서 겪은 전쟁을 내가 떠올리고 싶어하지 않듯 수희도 그럴 것이라고 짐작했다.

나는 어머니 방의 벽장에서 담요를 꺼내왔다.

"이거 덮고 소파에 편히 누워요."

수희는 유순한 아이처럼 내 말을 따랐다. 그러다 갑자기 생각난 듯 툭 한마디를 던졌다.

"존, 당신은 내 얘기 듣고 싶지 않죠?"

나는 무슨 말인가 싶었다.

"왜 그런 말을 해요? 그렇지 않습니다."

"설명할 수는 없지만, 복잡한 일에 엮이고 싶어하지 않을 거라는 느낌을 받았어요. 혹시 일본 갔다 온 것 때문에 그러는 건가요?

거기서 너무 힘든 일을 겪어서? 조안에게 대략 들었어요."

어머니가 쓸데없이 수희에게 주저리주저리 늘어놓은 이야기 때문에 난감했다. 나이가 들어갈수록 어머니는 더 수다스러워졌고, 참견이 심해졌다. 어머니 나이 또래면 누구나 겪는다는 갱년기 증상이려니 하며 넘어가다가도 한 번씩 불쑥 화가 치밀었다. 무슨 이야기를 어디까지 어떻게 했는지 모르겠지만, 어머니가 내 일을 세세하게 아는 것도 아니었기에 수희가 들은 이야기는 다소 과장된, 피상적인 일부에 불과할 수도 있었다.

"이미 시간이 꽤 지난 일입니다. 거의 다 잊어서 기억도 잘 나지 않습니다."

이 말은 사실이 아니었다. 기억은 시간이 지날수록 더욱 또렷해졌고, 당시에 미처 알아차리지 못했던 것까지도 속속들이 들추어냈다. 마치 단편적인 사건들이 시간이라는 거름 장치를 통과하면서 하나의 큰 형상을 만들기 위해 의미를 지닌 조각들로 탈바꿈하는 것 같았다. 나는 흉터투성이의 내면을 들키지 않도록 형편없는 솜씨로 외형을 꾸미며, 하나의 죽음을 맞기 위해 누가 봐도 한심한 하나의 삶을 가까스로 꾸려가고 있었다.

아름답고 찬란한 착각

　어머니로부터 안나 할머니의 부음을 들었다. 계속 건강이 좋지 않아 입원과 퇴원을 반복하시더니 결국 돌아가셨다는 소식이었다. 나는 검은색 정장을 챙겨 입고 어머니 집으로 갔다. 운전대를 잡으니 감회가 새로웠다. 다시는 그런 어리석은 실수를 되풀이해서는 안 될 일이었다. 어머니 집에 도착했지만, 당연히 있을 것으로 여겼던 수희가 보이지 않았다. 어머니를 태운 다음 할머니의 아파트로 향했다. 안나 할머니의 장례식은 한동안 우리 가족의 보호막이 되어주었던 애너빌 한인교회에서 치러졌다.

　목사의 기도가 끝나고 가족의 추도사가 이어졌다.

　"일찍 홀로되신 어머니는 한국에서 가게를 꾸리며 1남 3녀를 키우셨습니다. 손주들을 돌보기 위해 이곳으로 오신 뒤, 어머니는 특유의 밝고 적극적인 성격으로 가족을 이끌고 교회 활동을 하셨습니다. 아픈 사람이 있으면 그곳이 어디든 찾아가셨고, 부모의 손길이 제대로 닿지 않는 아이들을 찾아가 밥을 챙겨 먹이며 모두의 할머니로 사셨습니다."

안나 할머니는 가히 모두의 할머니라고 할 만했다. 할머니의 손주들은 내 또래가 아니었기에 같이 어울려 시간을 보낸 적은 거의 없었지만, 안나 할머니는 내게도 재이에게도 또 한 명의 할머니와 같았다. 교회 문턱에도 가본 적 없는 할머니 박영순 여사를 기독교인으로 만든 사람도 바로 안나 할머니였다. 할머니는 파마하러 미장원에 갔다가 안나 할머니를 알게 되었는데, 그녀는 할머니의 특이한 성격을 잘 받아주었고, 무엇보다 운전을 잘해서 할머니를 여기저기 끌고 다니며 금방 친구로 만들었다. 그러다 같이 밥이나 먹으러 가자며 교회 문턱을 넘게 했다. 말끝마다 부처님을 찾던 할머니는 너무도 쉽게 '하나님 아부지'로 후렴구를 바꾸면서 골수 기독교인으로 거듭났다.

안나 할머니는 가족묘에 묻히신다고 했다. 나는 할머니와 아버지의 사후에 일어날 일을 잠시 상상해보았다. 한국에서 태어나 한국인으로 살다가 미국으로 건너와 또 다른 삶을 살고, 결국 미국 땅에 묻힐 사람들. 태어난 곳에 묻히는 것과 태어나지 않은 곳에서 삶을 마감하고 흙으로 돌아가는 것 사이에 어떤 차이가 있는지 나로서는 알 수 없었다. 재이가 세상을 떠났을 때 어머니는 재이의 무덤 옆에 자신의 묏자리를 마련해 두었다고 했다. 할머니는 재이 곁에 묻히고 싶다고 말했지만, 그렇게 되지는 않을 것이다. 할머니는 아버지가 원하는 곳에 묻힐 것이고, 아버지는 이복동생들이 알아서 할 것이다.

장례식이 거행되는 내내 고인은 옥색 치마저고리를 입고 가지런히 손을 모은 채 제단 오른쪽 아래에 놓인 관 안에 누워 있었다. 나는 가볍게 고개를 숙이며 그 앞을 지났다. 안나 할머니는 분홍 장미와 노란 백합으로 수놓인 꽃밭에서 잠이 든 듯 평온해 보였다. 가족과 친했던 지인들은 고인의 이마와 뺨을 쓰다듬으며 마지막 이별을 고했다.

삶 뒤에 찾아오는 안식이 저토록 고요하고 평화로운 것이라면, 그것이 우리 삶의 보상으로 주어지는 것이라면, 굳이 오랜 시간을 끌지 않아도 되지 않을까 자문하며 고개를 드는데 건너편에 수희가 있었다. 검은 원피스를 입고 짙은 초콜릿색 리본으로 머리를 묶은 수희의 얼굴은 유독 창백해 보였다. 그녀는 저런 모습으로 동생의 장례식에 갔을 것이고, 설움을 삼키다 토해내기를 반복했겠지.

수희는 안나 할머니와 일 년 정도 같이 지내면서 여러모로 도움을 받았다고 했다. 게다가 동생의 일까지 떠올랐을 것이었다. 수희는 침울한 안색으로 눈 주위에 손을 갖다 대고 어깨까지 살짝 들썩였다. 안나 할머니와 이십여 년을 넘게 알고 지내온 나는 그분의 죽음이 안타깝고 슬프기는 했어도 눈물 한 방울 나오지 않았다. 하긴 마지막으로 운 적이 언제인지 기억이 가물가물했다. 나의 감정 상태를 굳이 설명하자면 대체로 온몸에 가시가 박힌 듯 뾰족한 화가 튀어나왔고, 그렇지 않을 때에는 건조하고 단조로운 비트가 계속되는 북 소리처럼 무기력하거나 심드렁한 기분에 머물러 있었다. 당장이라도 다가가서 수희의 어깨를 감싸안고 다독여주고 싶다고 생각하는데, 누군가 그녀의 어깨를 끌어안았고 이어 그의 어깨에 그녀의 고개가 닿았다.

"종현아, 인자 버스 타러 가자."

할머니가 내 팔을 잡은 손을 꽉 쥐며 말했다.

"버스요?"

내가 묻자, 할머니는 "하모!"라고 소리쳤다.

"여기서 100마일 정도 떨어진 곳에 가족묘를 장만해두었대. 하관식까지 보려는 사람들에게 버스를 제공한다는구나."

어머니는 침울한 낯빛으로 덧붙였다. 나는 그다지 가고 싶지 않았지만, 거동이 불편하신 할머니를 모시고 가야 했다. 건성으로 대답하며 수희가 정체 모를 남성과 서 있던 자리를 바라보았을 땐 이미 그녀가 사라진 뒤였다.

여러 번 망설이고 주저하던 나는 마침내 리버 밸리 커뮤니티

칼리지에 등록했다. 산송장으로 마지막을 기다리며 사는 것에 그다지 불만은 없었지만, 간호사든 뭐든 사는 동안 달고 지낼 타이틀을 갖는 것도 괜찮을 성싶었다. 축축한 바닥에 똬리를 틀고 살아가는 내게 수희가 건네는 말들은 봄꽃의 향기를 맡고 싶다는 작은 욕망을 불러일으켰다. 수희는 벌어진 상처를 스스로 꿰매려는 듯 미술치료에 매달리고 있었다.

"공부는 잘돼가요?"

수희가 단아 양을 가볍게 쓰다듬으며 내게 물었다.

"그럭저럭요. 군대에 자원하면서 위생병 교육을 받았고, 삼 년 동안 위생병으로 일했으니까 어지간한 건 죄다 알고 있습니다. 오히려 지루한 감이 없지 않지만, 자격증을 따야 하니 어쩔 수 없죠. 당신은 어때요?"

나는 수희 옆에 있던 그 남자에 관해 묻고 싶은 절박한 심정을 억지로 누르며 가볍게 안부를 물었다.

"공부하면 할수록 어렵지만 재미있기도 하고, 해야 할 일도 자꾸 늘어나네요. 다음주에 미술치료를 받은 사람들이 작품 발표를 해요. 오프닝 때 올래요? 조안도 온다고 했어요."

어머니의 참석 여부와 상관없이 나는 그곳에 가고 싶었다. 정체 모를 남성이 수희와 가까운 사이라면 분명 오프닝에 올 것이었으므로. 그 남자를 내 눈으로 직접 확인하고 싶었다.

"좋습니다. 그러면 어머니와 같이 가죠."

전시 오프닝 전날 어머니는 피곤해서 못 가겠다는 문자를 보내왔다. 예상했던 바였다. 어머니는 실행력이 부족했고, 나도 이런 어머니의 기질을 닮은 면이 있었다. 무언가를 시작하려면 시간이 오래 걸렸고, 결단을 내리거나 실행에 옮기기까지 수도 없는 망설임과 포기가 따랐다. 그러니까 어머니나 나 같은 사람들이 하는 말을 곧이곧대로 믿어서는 곤란하다. 반면 아버지 같은 유형은 말을 꺼내면 곧바로 일이 진행되기에 능청을 부리다가는 큰코다치기 십상이다. 이런 사람들 앞에서는 늘 말을 가려 해야 한다. 괜히 밥이라도 먹자고 인삿말을 건네면 언제 먹느냐고 날짜를 못 박으니 말이다.

이스턴 캐럴 대학 캠퍼스 내의 하퍼 빌딩이라는 푯말이 붙은 건물 앞에 차를 세웠다. 이 대학은 내가 나고 자란 애너빌에서 가장 많은 건물이 들어선 곳이자 가장 많은 사람이 일하는 곳이기도 하다. 어머니와 아버지가 사랑을 키우고 미래를 약속했던 곳이지만, 그동안 나는 올 일이 거의 없었다. 굳이 학교에 다니지 않더라도 수영장과 배드민턴장 시설도 훌륭하고 산책 코스로도 그만인데, 나는 왠지 이곳이 남의 집인 양 껄끄러웠다. 이곳에서 자기 삶을 꾸려나가는 수희는 이방인이 아니라 오히려 주인 같았다. 갤러리 안은 오프닝을 기다리는 사람들로 가득했다. 학장의 축사에 이어 다함께 잔을 부딪친 후 나는 전시장을 둘러보았다. 이런 경험이 전혀 없는 나로서는 어색하기도 하고 무엇을 어떻게 해야 하는

지도 몰라 수희의 뒤만 졸졸 따라다녔다.

"이것 좀 볼래요? 이건 미얀마 여성이 그린 거예요."

수희가 화려한 옷을 입은 인어 그림을 가리켰다.

"미얀마?"

나는 고개를 갸웃거렸다.

"미얀마 망명자들이 여기서 멀지 않은 곳에 살고 있어요. 그들과 같이 미술치료 워크숍을 진행했거든요. 미얀마는 불교 국가라서 이슬람을 믿는 소수의 사람들에 대한 종교적 탄압이 심해요. 정치적으로도 불안정하고요."

선생님 같은 말투를 쓰는 수희가 낯설다고 여기면서도 저절로 그녀의 말에 집중하게 되었다.

"그렇다면 그림이 그들에게 어떤 기능을 하는 겁니까?"

"망명자들은 정신적으로 상당히 억눌려 있는데, 아주 오랫동안 그런 상태였기 때문에 그것을 당연하다고 여기죠. 특히 여성들은 성적, 종교적, 경제적으로 억압당하고 불합리한 일을 겪었기에 자신을 표현하는 방식이 서툴러요. 그래서 그림을 이용해 내면을 드러내는 방법을 알려줘요. 그것만으로도 꽤 치유되거든요."

매사를 세세히 관찰하고 느낌을 표현하는 수희는 세상을 감지하는 더듬이 하나를 더 가진 듯했다.

"이런 일이 재미있습니까?"

"글쎄요."

수희는 입술을 모아 앞으로 살짝 내밀더니 말을 이었다.

"처음에는 나 자신을 위해 심리학 공부를 시작했는데, 사람들에게 조금이라도 위안을 주는 일을 하고 싶어졌어요. 동생이 좋아했던 그림을 어떤 식으로든 이어가고 싶기도 했고요. 한국을 떠나 있고 싶은 생각도 있었죠. 그러다 여기까지 오게 됐어요. 시간이 지나면 뭔가 저절로 되지 않을까 했는데 배울수록 더 어렵네요. 어떤 때는 뒷걸음질치고 싶기도 해요."

고개를 숙이며 말끝을 흐리는 수희를 보자 나는 조금이라도 힘을 보태주고 싶었다.

"수희 씨 정도면 충분할 것 같은데요. 무얼 하고 싶은지 아는 게 핵심이죠. 중요한 건 자신감입니다."

이런 말을 보태는 내가 스스로 생각해도 어이없었다. 남에게 조언할 만큼 세상 이치를 알고 있거나 자신에 차 있기는커녕 도리어 세상만사와 동떨어진 채 살아가고 있는데 말이다.

"그렇게 격려해줘서 고마워요. 차차 나아지겠죠?"

그녀는 간절한 시선으로 나를 응시하며 동의를 구했다.

"그럼요."

수희의 말에 점점 빠져들며, 나도 그녀의 세계를 맛보는 듯한 아름답고 찬란한 착각이 들었다. 그때 수희의 눈꼬리가 흔들거리다 아래로 살짝 떨어지더니 입가에 무지갯빛 자기장이 번지기 시작했다. 나 역시 수희를 따라 얼굴에 밝은 파동을 일으키며 원을 만들려는데, 그녀의 시선이 내 어깨 뒤쪽을 향하는 게 느껴졌다. 나는 뒤를 돌아보았다.

"좀 늦었죠?"

장례식장에서 봤던 정체불명의 그 남성이었다. 누구냐고 묻고 싶어 입이 근질근질했지만 끝내 참고 묻지 않았던, 바로 그 인물이 드디어 나타난 것이었다. 그는 수희에게 다가가 뺨에 입을 맞추고 부드러운 눈빛으로 그녀를 바라보았다. 수희의 얼굴은 맑고 환했다. 사람이 빛난다는 것은 이런 경우를 두고 하는 말 같았다.

"제이슨, 이쪽은 얘기했던 내 룸메이트 조안의 아들 존이에요. 존, 여기는 친구 제이슨이라고 해요."

수희는 친구라는 단어에 강세를 두었다. 나는 악수를 하며 제이슨을 정면으로 바라보았다. 밝은 갈색 눈동자에 짧고 곱슬곱슬한 짙은 다갈색 머리. 코는 오뚝하지만, 끝이 약간 둥글어 전체적으로 선한 느낌을 주는 인상이었다. 키와 체격은 나와 비슷했다.

제이슨에게 인사를 건네자, 그동안 참고 있었던 나의 궁금증이 한꺼번에 폭발했다.

"제이슨, 당신은 어디에 살고 있습니까? 여기서 먼 곳인가요?"

"그렇게 멀지 않습니다. 차로 십 분 정도 걸리는 거리에 살고 있어요. 에반스가에 있는 동물병원의 수의사로 일하고 있어서 그 근처에 집이 있습니다."

그는 차분한 어조로 친절하게 내 질문에 답했다.

"그럼, 단아 양이 가는 병원에 근무하십니까?"

"단아 양?"

제이슨이 무슨 이야기인지 모르겠다는 내색을 하며 수희 쪽을 바라보자, 그녀가 말했다.

"단아 양은 조안이 키우는 존의 고양이예요. 존, 그건 아니고 요가 학원에서 만난 친구예요."

그쯤에서 멈추는 것이 예의였는데 나는 스스로 주체할 수 없는 이상한 감정에 휩싸여 공세를 이어나갔다.

"당신은 아시아계로 보이는데요. 맞습니까?"

결국 갈증과 허기를 느끼는 사람처럼 급하게 그를 몰아치는 우스운 모양새가 되고 말았다.

"네. 태어나기는 필리핀에서 태어났습니다. 아버지는 미국인이고 어머니는 필리핀 출신인데 다섯 살 때 이곳으로 건너왔습니다."

제이슨은 착실한 사람 같아 보였다. 서른다섯 살의 이 남자는 아직 결혼하지 않은 채 어머니와 같이 살고 있었다. 아버지는 돌아가셨다고 했다. 제이슨은 나의 질문 공세에도 아랑곳하지 않고 차분하게 답한 뒤 전시를 둘러보기 위해 자리를 떴다.

그때 수희가 무언가를 작정한 기세로 내게 물었다.

"존, 미술치료 워크숍에 참여하지 않을래요? 참가자를 모집하고 있는데, 같이 해봐요."

"글쎄요."

나는 머릿속에서 수십 가지 경우를 가정하며 망설이다 겨우 입을 열었다.

"나는 그림 정말 못 그립니다."

그러자 수희가 내 곁으로 바짝 다가와 낮은 목소리로 속삭였다.

"이건 그림 실력과 상관없어요. 내가 전해 들어서 알고 있는 게 기분 나쁠 수 있겠지만, 상담 받는다고 들었어요. 상담과 미술치료를 동시에 진행하면 더 좋은 효과를 거둘 수 있어요. 그리고 이래 봬도 꽤 실력 있는 상담사랍니다. 한국에서도 활동했고, 지금은 좀 더 새로운 기법을 배우는 중이에요."

솔직히 말하자면 하고 싶은 마음 반, 안 하고 싶은 마음 반이었다. 한편으로는 수희와 시간을 보내며 내 문제를 해결해보고 싶었으나, 동시에 수희가 나에 관해 아는 것이 두려웠다. 한국 사람의 잣대를 사용한다면 나를 좋지 않게 평가할 수도 있기 때문이었다.

여전히 주저하는 나를 보고 수희가 다소 들뜬 목소리로 말했다.

"믿어봐요. 나의 모든 능력을 발휘해볼게요. 배운 것을 실험해봐야죠. 같이 할 거면 이 손을 잡아요."

수희는 내게 오른손을 내밀었다. 실험이라는 말에 나는 웃음이 터졌다. 수희는 본디 이렇게 환하고 재미있는 성격을 지닌 사람이었다. 지금은 낱낱이 민낯을 드러내는 슬픔을 어쩔 수 없지만, 조만간 다시 양지로 나와 실컷 볕을 쬐며 세상의 모든 행복을 움켜

줄 것이다. 때가 오면 나도 그녀 곁에서 훈훈한 기운을 조금만 나눠 가져도 괜찮겠지.

나는 수희의 손을 잡으며 말했다.

"좋아요. 그렇다면 실험용 쥐가 되어보죠."

"쥐라니요. 최고의 환대를 받게 될 거니까 두고 봐요."

수희는 맞잡은 손을 가볍게 아래위로 흔들었다. 나는 손안에 담긴 따뜻한 기운과 리듬을 간직한 채로 슬그머니 전시장을 빠져나왔다.

미술치료 워크숍

워크숍은 하퍼 빌딩 304호에서 진행된다고 했다. 단순하게 생각하려 했지만 왠지 긴장이 되어 잠을 설친 것이 어이없었다. 강의실 앞에 다다랐을 때 나는 문 앞에 서 있는 에바를 보고 깜짝 놀랐다. 예상치 못했던 조우에 그녀 역시 흠칫하더니 이내 반가운 기색을 띠었다. 에바는 같은 초등학교에 다녔는데, 당시에는 서로 얼굴만 알고 지내는 사이였다. 그녀를 다시 만난 건 말린의 칵테일 바에서였다. 윤기 나는 피부에 보라색 레게 머리를 길게 늘어뜨리고 손가락에는 해골 문양의 커다란 은반지를 낀 그녀에게서는 재즈 보컬리스트의 분위기가 물씬 풍겼다. 그녀의 목소리는 허스키하고 고음에서는 하늘을 찌를 듯 쩌렁쩌렁할 거라고 예상했는데, 의외로 맑고 고운 소리가 흘러나왔다.

"혹시 너, 존 아니야? 레이크우드 초등학교 다녔지?"

"아, 에바?"

그녀가 알은체하기 전까지는 전혀 떠올리지 못했지만, 막상 입을 열자 그녀의 이름이 반사적으로 튀어나왔다. 그 뒤로 나는 말린의 단골이 되었고, 에바는 주인의 눈치를 보며 슬쩍슬쩍 서비스를 주곤 했다. 말린의 바에 다닐 때 우리가 나눴던 대화는 대체로 잘 지내니, 어떻게 지내니, 그저 그래, 괜찮아 정도의 수준이었다. 속 깊은 이야기를 하기에는 너무 시끄러웠다. 그저 각자의 삶을 살다가 간간이 얼굴을 보고 이름을 부르며 인사를 나누는 것만으로 충분한 관계였다.

에바와 같이 강의실에 들어가서 앉아 있는데 한 중년 남성이 들어와 인사를 했다.

"여러분, 여기 오신 것을 환영합니다. 이번 워크숍의 슈퍼바이저 티머시 헤이즈입니다."

티머시 헤이즈는 언뜻 보기에 조깅하다 마주칠 법한 이웃집 아저씨 같은 모습이었다. 적당히 빠진 머리카락에 적당히 나온 배, 헐렁한 바지에 약간 몸에 붙는 티셔츠, 그리고 운동화를 신은 것만 보면 평범했는데, 코에 걸린 동그랗고 가는 금테 안경 너머에 자리한 두 눈동자에는 상대를 꿰뚫어보는 듯한 날카로움이 감춰져 있었다.

"나는 미술치료사이자 이 대학의 교수이고 화가이기도 합니다. 워크숍은 수희가 디자인한 프로그램에 따라 운영됩니다. 서로 치유하고 치유받는 상호작용으로 진행할 예정이라 기대가 무척 큽니다. 시작하기에 앞서 당부하고 싶은 것이 있습니다. 물론 참가 신청서를 작성할 때 다들 숙지했고 서명도 했지만, 혹시나 해서 한 번 더 강조합니다. 여기서 벌어진 일이나 대화는 철저히 비밀이 보장되며, 참가자들 역시 워크숍 과정을 외부로 공개해서는 안 됩니다. 사진 촬영이나 녹음, 녹화는 금지됩니다. 다들 잘 지켜주리라 믿습니다. 먼저 자기소개와 이번 워크숍에 참여한 동기, 그리고 기대 같은 것이 있으면 이야기를 나눠볼까요? 수희부터 시작하죠."

검은 바지에 하얀 블라우스, 연갈색 카디건을 걸치고 끝이 살짝 말려 올라간 머리를 길게 내려뜨린 수희는 여태껏 봐왔던 앳된 모습과는 달리 자못 성숙하고 강단 있어 보였다.

"나는 미술치료사 백수희입니다. 좀 더 새롭고 전문적인 미술치료법을 배우기 위해 한국에서 미국으로 건너왔습니다. 원래 나 자신의 마음앓이를 가라앉히기 위해 심리치료를 받기 시작했는데, 시간이 지나면서 미술치료 분야에 관심을 가졌고, 공부를 시작해 자격증까지 따게 되었습니다. 하지만 이 세계는 넓고 끝이 없는 것 같습니다. 자격증이 전문성을 보장해주는 것도 아니고요. 인간의 마음이 복잡하고 알 수 없는 미로 같기 때문이겠죠. 나는 이 워크숍의 주제를 '상처만이 상처와 스밀 수 있다'로 잡았습니다. 내가 설계한 방식에 따라 나의 문제와 여러분의 문제를 함께 풀어나가면 좋겠습니다. 과정에 수정이 필요하면 보완해나가면서 긍정적인 결과를 얻고 싶습니다."

상처만이 상처와 스밀 수 있다. 수희가 한 말을 나직이 되뇌어보았다. 상처가 서로 만나면 더 커지고 서로에게 괴롭기만 할 뿐인데. 무슨 의미인지 당장은 이해하기 어려웠다. 만날 때마다 화통하고 여유 있는 모습을 보였던 에바는 다소 긴장한 듯 아랫입술을 살짝 깨문 뒤 입을 열었다.

"에바 본드입니다. 뒤늦게 이스턴 캐럴 대학에 진학해 시각디자인을 전공하고 있습니다. 헤이즈 교수님의 권유로 여기 참석하게 되었습니다. 미술치료를 통해 나 자신과 대화를 나누고 사랑하는 방법을 배우고 싶습니다."

이런 분위기인지 모르고 참석했던 나는 무슨 말을 해야 할지 곤혹스러웠다.

"내 이름은 존, 아니, 남종현입니다. 군인으로 근무하다가 그만두고, 지금은 근처 레스토랑에서 일하고 있습니다. 군 복무 기간에 겪은 재해로 외상 후 스트레스 장애가 생겨 정신과 상담을 받고 있는데, 미술치료를 같이 해보는 게 어떠냐는 수희의 제안에 괜찮겠다 싶어 신청했습니다."

내 말이 끝나자 헤이즈 교수는 고개를 끄덕이며 말했다.

"자, 그럼 오늘은 첫 시간이니까 자신을 표현해보는 시간을 갖겠습니다. 벽에 흰 종이를 붙여놓았는데 여기에 신체 일부를 이용해 도장을 찍거나 본을 뜨면 됩니다. 물감을 이용해 자유롭게 색을 사용하세요. 그 외에 다양한 방법을 시도해도 좋습니다. 먼저 시범을 보이도록 하겠습니다. 나는 신체를 따라 본을 뜨려고 하는데 수희가 좀 도와주세요."

헤이즈 교수가 벽에 등을 대고 서자, 수희는 매직펜으로 그의 신체를 따라 본을 떴다. 이어 수희는 헤이즈 교수에게 자신의 앉은 모습대로 본을 떠달라고 했다. 에바는 손바닥에 물감을 묻힌 다음 도장을 찍었다. 아무래도 신체를 전부 표현하는 것은 번거로워 보여 나도 에바를 따라 양쪽 발바닥에 초록색 물감을 칠하고 그대로 도장을 찍었다.

우리 가족은 재이가 언젠가 가까운 시일 내에 죽음을 맞이하리라는 걸 잘 알고 있었다. 그러나 죽음이라는 단어는 암묵적으로 약속한 금기어였기에 그 누구도 언급하지 않았다. 우리는 그날이 절대 오지 않을 것처럼 연기하며 살았다. 병명조차 알 수 없어 약도 제대로 못 쓰는 마당에 상태가 좋아질 리 없었지만, 재이는 마치 영생을 보장받은 양 하루하루를 살았다. 그는 때로는 부드럽게, 때로는 심술 맞게 굴며 나를 지배했다. 그랬다. 그에게서 감정과 생각, 그리고 육체의 에너지가 빠져나가는데도 나는 여전히 그에게 조종당했다. 부당하다는 생각이 들기도 했지만, 그는 형이자 친구이며 나의 일부였다. 나는 모든 것을 숙명처럼 받아들였다.

성년이 되는 재이의 열여덟 번째 생일파티에는 아버지와 친척들까지 빠짐없이 참석했다. 다들 식당에 모여 마치 옛날로 돌아간 듯 오랜만에 화기애애하게 이야기꽃을 피웠다. 새로 처방받은 약이 좋은지 재이의 상태도 안정적이었고, 몇 달간 발작도 거의 일어나지 않았다. 재이는 계속 환하게 웃으며 아버지를 불러댔다.

그날 밤, 좀처럼 울음소리를 내지 않는 단아 양이 연신 시끄럽게 울어대자 나는 몸을 일으켜 단아 양을 찾으러 일어섰다. 울음소리는 재이의 방에서 났다. 방에 들어서니 무언가 서늘한 기운이 감돌았다.

"재이!"

재이는 답이 없었다.

나는 형의 이름을 부르며 조심스레 침대로 다가갔다. 어두운 것을 싫어하는 재이를 위해 켜놓은 작은 램프의 불빛이 그의 얼굴을 희미하게 비추었다. 음영이 드리워져 재이의 눈은 더 우묵하게, 코는 더 우뚝하게 보였고, 입술은 마치 서툰 솜씨로 만든 눈사람에 붙여놓은 듯 삐뚤어져 있었다. 재이의 숨소리를 듣기 위해 귀를 바짝 대보았지만 아무런 소리도 들리지 않았다. 불현듯 내가 그려왔던 재이의 마지막에는 장례식장에서 침울한 낯빛을 한 가족과 무덤만 있었을 뿐 정작 이 장면은 빠져 있었다는 사실을 깨달았다. 날개를 달고 빠져나간 재이의 영혼이 벗어놓은 육신의 껍데기와 마주하는 나의 모습. 언젠가 내게 닥칠 모습을 미리 보여주는 예지몽과 같은 이 장면을 나는 의도적으로 빼먹었다. 남재현은 이 세계에서 영원히 사라졌다.

체리나무는 작은 씨앗에서 발아해 시간이 흐름에 따라 별 모양의 하얀 꽃을 피우고, 마침내 검붉은 체리를 맺으며 무결한 자신이 된다. 그러나 인간은 체리나무와는 달리 누구도 온전하게 자신이 될 수 없다. 완성되지 못한 채 그저 시간을 보내며 계곡에서 방황하다가 끝을 맺는다. 재이는 재이가 되지 못한 채 생을 마감했고, 나 역시 나 자신이 되지 못한 채 살아가고 있다.

"그럼 각자 자신의 그림이 무엇을 의미하는지 이야기해보도록 하겠습니다. 수희부터 할까요?"

헤이즈 교수의 말에 나는 재빨리 시곗바늘을 돌려 하퍼 빌딩 304호로 돌아왔다. 수희가 숨을 한 번 크게 쉬더니 천천히 이야기를 시작했다.

"나는 내가 앉은 모습을 본뜬 다음 전체적으로 검푸른색을 칠하고 가운데에 회색 동그라미를 그려넣었어요. 내 삶은 동생이 이 세상에 있었던 시간과 떠난 이후로 구분됩니다. 스무 살이 되던 해, 동생은 대한민국 청년이라면 누구나 수행해야 하는 국방의 의무를 지겠다고 했어요. 일이 년 더 있다가 가는 게 어떻겠냐고 하니까 어차피 할 거, 얼른 해치우겠다고 호기롭게 말했어요. 한번은 남자 친구와 같이 동생을 면회하러 갔습니다. 동생은 근처에 갯벌이 있다며 우리를 그곳으로 이끌었어요. 끝없이 펼쳐진 갯벌과 맞닿은 흐린 하늘이 마치 슬픈 운명 같았어요. 푸른 바다와 국방색 군복과 잿빛 해변과 운무가 가득한 하늘…. 우리 세 사람은 마치 어린 시절로 돌아간 것처럼 갈매기에게 과자를 던져주고, 바위에 붙은 고둥과 따개비를 땄죠. 동생의 말대로 소금을 뿌리니 조개가 갯벌 위로 올라왔어요. 맛조개라고 하더라고요. 그 시간을 있는 그대로 즐겼기에 마치 조각칼로 새긴 것처럼 장면들이 몹시 선명하게 각인되어 있어요. 예정대로라면 동생은 새싹이 돋고 아지랑이가 피어오르는 계절에 우리 곁에 돌아왔겠지만, 그런 일은 일어나지 않았죠. 의식 없이 중환자실에 누워 있는 동생을 보면서, 엄마는 발목이 잘려도, 다리 한쪽이 잘려도 살아만 있어준다면, 아니, 그냥 숨만 붙어 있더라도 괜찮다고 짐승처럼 울부짖었어요. 한국을 떠나온 건 어쩌면, 은둔하기 위해, 망각하기 위해, 그리고 무엇보다 나 자신을 추스르기 위해서였어요. 그 상태로 사는 건 불가능했으니까요.”

수희는 어금니를 꽉 깨문 채 이야기를 이어갔다. 한국에서 젊은 남성은 반드시 군대에 가야 한다는 것은 어렸을 때부터 가족과 친척으로부터 숱하게 들어온 말이었다. 나는 수희의 동생이 군대에서 어떤 사고를 당한 건지 궁금했지만, 가만히 침을 삼키며 다음 말을 기다렸다.

"그리고 언젠가는 꼭 하고 싶은 게 있어요."

잠시 주저하던 수희가 다시 말을 이었다.

"저 어두운 동그라미 안에 노란 등불을 하나 켜놓고 싶어요. 등불은 오래오래 탈 테니까요. 아직 나는 슬프고 무서워 바다를 바라보지 못해요. 찬란한 봄날의 수평선은 생살을 베는 듯 고통스러울 테죠."

헤이즈 교수가 안경 끝을 올리며 말했다.

"등불을 밝히고 싶은 마음에는 아픔을 제대로 바라보고 고통에서 벗어나려는 의지가 담겨 있기도 합니다. 그림에 이것을 표현하지 않은 건 본인 스스로 아직 그럴 때가 아니라고 여기기 때문일 겁니다."

수희는 사뭇 생각에 잠긴 모습이었다.

"처음인데 다들 잘하고 있습니다. 당신은 수희의 그림을 보며 어떤 생각이 들었습니까?"

헤이즈 교수가 에바를 쳐다보며 질문을 던졌다.

"회색 동그라미는 동생의 얼굴처럼 느껴지는데, 가운데로 갈수록 밝아지는 것이 마치 괴로움 속에서도 피는 꽃처럼 보여요. 아픔을 겪고 있지만 그것을 이겨낼 강한 힘을 감추고 있는 것 같거든요."

에바의 말에 나도 동의를 표했다.

"저도 에바와 같은 생각을 했습니다. 원래는 밝고 긍정적인 면을 지니고 있는데, 갑자기 닥친 불행에 힘들어하고 있는 게 아닐까. 그래서 틀림없이 곧 이겨낼 것 같다는 생각이 들었습니다."

수희는 할 말을 찾는 듯 머뭇거리다가 가까스로 말을 꺼냈다.

"동생이 사고를 당하면서 나는 모든 것을 잃었어요. 동생이 그렇게 어처구니없이 세상을 떠나자 허기와 졸음을 느끼는 것조차 미안했어요. 이 상황에서 어떻게 그런 욕구가 이는지 해서요."

재이의 발병 이후 나 역시 사소한, 이를테면, 태권도 학원에 계속 다니고 싶다거나 디저트로 아이스크림을 먹고 싶다는 따위의 욕구와 감정을 억누르며 죄책감에 사로잡혔던 시절이 떠올랐다. 나는 수희를 어느 정도 이해할 수 있었기에 공감하고 있다는 것을 표현하고 싶었지만, 너무 가벼워 보일 것 같아 그만두었다.

"동생이 사고를 당하기 전 두 사람의 관계는 어땠습니까? 곤란하면 얘기하지 않아도 괜찮습니다."

헤이즈 교수의 물음에 수희는 입술을 앙다물더니 천천히 입을 열어 이야기를 시작했다.

"우리는 일곱 살 차이가 났어요. 내가 열 살쯤 되던 해부터 부모님이 식당을 시작하셨어요. 할머니가 계셨지만, 연세가 많아 동생을 보살피는 건 거의 내 몫이었어요. 동생은 무엇이든 스펀지처럼 빨아들였어요. 때로는 개구쟁이 짓도 했지만 잠시 속상하다가도 다시 어리광을 받아주게 되더라고요. 그러고 보니 오랜만에 동생이야기를 끄집어낸 것 같아요."

수희는 가까스로 미소를 지어 보였다.

"사실 아픔은 드러내는 것보다 밀실에 꼭꼭 감춰두기가 더 쉽습니다. 감쪽같이 슬픈 낯빛을 지우고, 아무렇지 않은 사람이 되어 살아가다가 혼자만의 세계로 돌아오면 그제야 비로소 아픔과 마주하려 하죠. 하지만, 하나의 비상구 정도는 열어놓고 한 번쯤 이것을 내보내야 합니다."

이런 헤이즈 교수의 말은 내게 수수께끼처럼 들렸다. 내 심정을 읽었는지 헤이즈 교수가 한마디 덧붙였다.

"누군가에게는 속마음을 털어놓아야 짐을 덜 수 있으니까요."

내가 헤이즈 교수를 쳐다보며 알아들었다는 신호를 보내자 그는 곧바로 에바에게로 시선을 돌리며 물었다.

"에바는 자신을 어떻게 표현했습니까?"

"나는 먼저 피부색과 비슷한 색으로 여러 개의 손도장을 찍은 다음 손가락을 하나씩 더 그려넣었어요. 유령 손가락이라고 불리는 이 손가락은 지금은 보이지 않지만, 원래 내 손에 붙어 있었던 거예요. 나는 어머니 쪽의 우성인자인 다지증을 안고 태어났는데 아기일 때 바로 수술해서 제거했대요. 그렇지만 이것이 본래 내 모습인걸요. 신체 일부를 잘라낸 건 이 사회가 나를 정상으로 받아들이지 않으리라는 걸 알았기 때문이지만, 마치 어딘가를 도려내는 것 같은 통증과 공허가 계속 따라다니는 느낌이 들어요."

에바의 그림에서 여섯 개의 손가락을 보며 의아해했던 나는 궁금증이 풀리는 동시에 깜짝 놀라지 않을 수 없었다. 항상 밝은 표정으로 나를 맞아주던 에바에게 이런 사연이 숨겨져 있었으리라고는 짐작하지 못했기 때문이었다. 이런 것일까, 아픔을 밀실에 숨겨놓는다는 것이.

"수희는 에바의 그림을 보고 어떤 느낌을 받았습니까?"

헤이즈 교수의 질문에 수희는 숨을 고르더니 답했다.

"에바의 손도장은 아르헨티나 라스 마노스 동굴의 손자국 벽화를 떠올리게 하네요. 9천 년이나 동굴의 벽에서 숨 쉬고 있었던 놀라운 비밀처럼 에바의 비밀 역시 경이롭습니다. 무엇보다 스스로 사라진 손가락을 덧붙인다는 건 자신의 본질을 찾으려는 의지로 느껴져요. 에바의 손자국은 신비한 세계로 향하는 통로로서의 가능성을 보여주는 것 같습니다."

수희의 말을 듣고 나 역시 어떻게든 에바에게 힘을 실어주고 싶었지만, 어떤 식으로 표현해야 할지 막막했다.

"나는 에바와 가끔 마주쳤는데, 언제나 환하게 웃는 얼굴로 사람들을 대하는 에바가 부럽기도 했고, 신기하기도 했습니다. 세상에는 저렇게 하루를 선물처럼 기쁘게 사는 사람도 있구나 했죠. 나는 어둠 속에서 살고 있었으니까요. 에바의 말을 듣고 보니 자신의 감정을 숨기고 사람을 대하는 일이 얼마나 힘들었을까 싶어 가여운 마음이 듭니다. 나도 여러 번 상실을 경험했지만, 실제로 신체 일부가 잘려나간 경험은 없기에 그게 어떤 느낌인지는 잘 모르겠습니다."

내가 느끼는 대로 솔직하게 털어놓자 다들 고개를 끄덕였다.

"그래요. 좋습니다. 그렇다면 존은 무엇을 표현했는지 얘기해볼까요?"

헤이즈 교수는 나와 그림을 번갈아보며 물었다.

"내게는 재현이라고 하는 형이 있었습니다. 재현과 나는 같은해, 1월과 12월에 태어났죠. 모습이 닮았고 체격도 비슷했던 우리는 서로를 거울처럼 바라보며 자랐지만, 형은 이제 이 세상에 없습니다. 형은 중병을 앓고 있었기에, 아픈 사람이 내가 아니라 형이라는 사실에 안도하면서 그런 자신을 비난하는 일이 흔한 일상이었습니다. 형의 죽음은 오래전부터 예견된 것이었는데도 막상그가 세상을 떠나자 마치 영혼의 반쪽을 잃은 듯한 느낌에 사로잡혔습니다. 마음이 초점을 잃고 방황했죠. 나는 단단하게 땅을 디디고 서로의 뿌리가 되었던 시절의 형과 내 모습을 떠올리며 그렸습니다."

이때 깊이를 알 수 없는 우물에 빠진 것처럼 혼란스러운 내 마음을 들여다보는 듯 수희가 투명한 눈을 깜빡이며 말했다.

"먼저 떠난 형제를 진정으로 보내지 않았기에 우리는 아직도 미소를 지으며 그들을 떠올릴 수 없나 봐요. 상실의 흔적으로 남은 공백이 여전히 눈에 밟히기에 진정으로 애도하며 보내주지 못

하는 거죠. 그렇지만 존은 형이 있었던 자리를 대신할 또 다른 누군가를 찾게 될 거예요. 나란히 서서 한쪽 발씩 올리며 초록색 도장을 찍을 수 있는 그런 존재 말이에요."

수희의 말이 끝나자 헤이즈 교수가 낮고 온화한 목소리로 이야기했다.

"우리는 죽음을 두려워하고 심지어 공포에 시달리기도 합니다. 그래서 죽음을 무시하거나 회피하려고 하죠. 철학자 몽테뉴는 죽음이 우리 삶의 목표이자 목적이라고 했습니다. 우리가 살아내는 삶이라는 여정의 목적지가 곧 죽음이라고 본 겁니다. 사람은 누구나 태어나서 살아가지만, 그건 다른 측면에서 보자면 태어나서 죽어가는 거나 마찬가지입니다. 따라서 죽음이란 허무나 좌절이 아니라 단단하게 매듭을 짓는 것이라고 할 수 있습니다. 우리는 먼저 떠난 사랑하는 사람들의 죽음에 의미를 두기에 그들의 죽음은 우리를 강렬하게 사로잡고, 끝없이 나락으로 떨어트리고, 짙은 먹구름을 만듭니다. 하지만 정말 의미를 둬야 하는 건 그들과 보냈던 소중한 기억의 파편들이 아닐까요?"

헤이즈 교수가 던진 물음에 저마다 고민이 깊어지는 듯했다.

일 년 전 정신과 의사와 상담을 시작한 건 어머니의 등쌀에 못 이겨서이기도 했지만, 전역 군인이 받을 수 있는 혜택이었기에 굳이 거부할 필요가 없어서였다. 나는 형식적으로만 참가했다. 단단히 빗장을 걸어 잠근 채 최소한의 레퍼토리를 마지못해 반복하는 것은 치료는커녕 번듯한 대화조차 못 되었다. 나는 누구나 태어날 때 받은 태고의 점액과 알껍데기를 품고 다닌다고 믿었다. 세상에 내던져진 인간은 각자 지닌 것을 가다듬거나 파괴하며 자신의 길을 갈 뿐이기에, 상대를 어느 정도 선까지는 이해할 수 있겠지만 자신에 대한 해석은 스스로 해야 한다고 여겼다.

애당초 의사가 끌어내지 못한 나의 심연에 자리한 문제를 수희가 권하는 미술치료로 하루아침에 풀 수 있으리라 기대하지는 않았다. 단지 그녀가 무슨 일을 어떻게 하는지를 알고, 그녀의 세계를 엿보고 싶은 생각이 앞섰다. 그런데 말하지 않아도 인간의 내면을 이토록 깊이 들여다볼 수 있다는 것이 믿기지 않았다. 그들은 마치 나 자신보다 나라는 인간을 더 잘 아는 것 같았다. 첫 번째 워크숍은 내게 신비롭고 경이로운 경험이었고, 닫혀 있는 존재의 문을 열 가능성을 보여주었다.

쓸모없는 것들의 쓸모

"오늘은 두 번째 시간입니다. 이번에 우리는 보물 상자를 만들 겁니다. 다들 소중한 물건을 가지고 왔죠? 그럼 오브제와 사진, 종이 등을 이용해서 지금 나눠주는 상자를 꾸미면 됩니다. 마음이 가는 대로, 원하는 대로 하세요."

말을 마친 헤이즈 교수는 두꺼운 종이로 만든 아담한 상자를 나누어주었다. 나는 갖고 온 것들을 탁자 위에 펼쳤다. 할머니의 환갑 때 다 같이 한복을 입고 찍은 가족사진, 마른 도토리 몇 알, 민들레 압화, 곰이 그려진 종이.

어머니는 재이가 쓰던 방을 마치 신전처럼 꾸며놓았다. 재이의 침대와 책상과 자질구레한 물건으로 가득 찬, 어린 시절의 재이와 내가 살아 숨 쉬고 있는 것 같은 그곳에서, 나는 행복했던 기억을 몇 개 골라왔다. 당시 나는 유치원을 졸업하고 설레는 기분으로 초등학교 입학을 기다리고 있었다.

재이의 어깨너머로 글과 숫자를 깨치면서 초등학생의 세계를 미리 맛본 나는 하루빨리 형처럼 되고 싶었다. 초등학생이 된 첫날, 책가방과 필기도구 그리고 빳빳하게 다려진 셔츠를 입으며 나의 자부심도 깃을 세웠다. 다리미질은 할머니가 미국 생활에서 누리는 즐거움 가운데 하나였다. 농부의 아내였던 그녀는 평생 다리미질을 할 여유가 없었다. 남편이 죽고 농사를 지으며 근근이 살아가던 그녀에게 미국인과 결혼해 시민권을 딴 큰딸이 초청장을 보냈다. 즉시 집과 논밭, 그리고 세간을 정리한 그녀는 나머지 세 자식을 이끌고 미국으로 향했다. 미국에서의 삶은 그녀가 걱정할 필요도 없었다. 아이들은 알아서 척척 영어를 했고 학교에 갔으며 일자리를 구했다. 그녀는 집에서 아이들을 기다리며 힘이 되는 고봉밥을 먹었고, 기죽지 말라며 기를 쓰고 옷을 다려 입혔다.

"우리 종현이도 초등학생 됐으이 할매가 옷 대리주야지. 야들아. 내 대림질한다. 대릴 거 있으모 퍼뜩 가온나."

할머니는 다리미판을 꺼냈다.

"할머니, 옷은 왜 다려요?"

"세탁기에 돌리믄 옷이 말키 꾸게징께 요리 매매 대리가 피주야 된다. 옷이 쑥쑥하모 무시당하제. 그라나도 미국 사람들이 동양 사람이라꼬 무시하는데 잘 채리입고 댕기야제."

구겨지면 안 되는 거다, 무시당하면 안 되는 거다. 나는 그렇게 되풀이하며 할머니가 다림질하는 것을 지켜보았다. 할머니가 분무기로 물을 뿌리며 옷을 다리고 나면 나는 주름이 펴진 옷들을 옷걸이에 걸었다.

"할머니, 우리는 한국 사람이에요?"

"하모하모. 한국 사람 아이믄 머꼬. 요서 산다꼬 미국 사람 되는 기 아이다. 밥 묵고 김치 묵고 한국말로 해야지."

"할머니, 나 한국말도 잘하고 김치도 잘 먹어요."

"그라이 할매가 우리 종현이 이뻐하는 기라. 하이고 내 새끼."

할머니가 톡톡 엉덩이를 두드려줄 때면 나는 괜스레 뿌듯해졌다. 김치는 당시 내 유일한 자랑거리였다. 형보다 아는 것이 적고 힘이 약했어도 나는 매운 김치를 물에 씻지 않고 먹을 수 있었다. 자존심이 상한 재현은 여러 번 매운 김치를 그대로 먹으려고 시도했지만, 헛수고였다. 아마도 어머니의 체질을 물려받은 듯싶었다. 어머니는 조금이라도 매운 음식을 먹으면 몸 전체가 빨개지고 입술 주위에 좁쌀 같은 것이 돋아났는데 형도 그랬다.

할머니는 집안의 최고 어른이자 권력자였기에 할머니의 인정을 받는 것과 할머니에게 야단을 맞는 것은 천국과 지옥을 오가는 것과 마찬가지였다. 기분이 오락가락하고 엉뚱하며 잡다하게 아는 것이 많은 할머니를 우리는 대체로 좋아했지만, 할머니가 어머니를 구박할 때면 마귀할멈처럼 느껴지기도 했다.

할머니와 아버지, 어머니, 삼촌, 재이 그리고 나. 이렇게 여섯 명이 사는 집에 큰고모, 둘째 고모, 고모부들과 사촌들이 죄다 모이는 날은 할머니 생신, 할아버지 제사, 추석, 설, 크리스마스까지 일 년에 다섯 번이었지만, 그 외에도 여러 가지 이유를 들어서 모이곤 했다. 열다섯 명이 모여 북적거리면 번잡하긴 해도 사촌들과의 놀이와 두둑이 쌓이는 용돈, 배불리 먹는 음식 덕에 손꼽아 기다려지는 날들이었다. 하지만 그런 날이면 어머니는 얼굴이 빨개지고 땀을 뻘뻘 흘렸다. 잔소리가 심해지고 말이 빨라지는 데다 괜스레 트집을 잡는 할머니 때문에 잔뜩 긴장한 탓이었다.

"에미야!"

할머니가 어머니를 이렇게 부른다는 건 심상치 않은 일이 터졌다는 신호였다. 평상시에는 '조안아'라고 불렀고, 어머니에게 대단한 요구 사항이 있거나 어머니가 정말 잘했을 때는 '아가'라고도 했지만, 그런 경우는 드물었다. 불안해진 나는 얼른 어머니에게 달려갔다.

"이기 머라꼬 이리 해놨노?"

할머니가 새된 소리로 묻자 어머니는 쩔쩔매며 겨우 답했다.

"어머니가 시루떡 하라고 해서 만들었어요."

"니 내캉 산 기 몇 핸데 시루떡 하나 지대로 몬 찌나?"

하얗던 어머니의 얼굴은 목덜미까지 불그레해졌고, 할머니의 호통 소리에 다들 우르르 몰려와 한마디씩 거들었다. 어머니는 죄인처럼 어쩔 줄 몰라 했다. 이에 들러붙는다며 어머니는 떡을 잘 먹지 않았지만, 친척들이 모일 때면 떡을 만들어야 했다. 할머니에게 확 소리 지르고 본때를 보여주고 싶은 마음이 하루에도 수십 번씩 들었겠지만, 어머니는 아버지를 위해 참아야 했다. 아버지는 과부로 힘든 시절을 보내면서도 농사를 지어 자식들을 먹여 살린 할머니의 수고와 정성을 잊지 못했다. 할머니는 토종 한국 사람이고 학교 문턱에도 가보지 않았으니 이해해야 한다며 아버지는 어머니를 달랬다. 가정의 평화를 위해 어머니는 견뎌내야 했다. 어쨌든 당시 내 눈에는 할머니가 어머니를 미워하는 것으로만 보였다. 한국말도 제대로 못 하고 미국 여자라 그러는지 별일 아닌데도 어머니한테 버럭 화를 내기 일쑤였다.

나는 떡시루에서 물컹한 덩어리를 조금 떼어내 호호 분 다음 잽싸게 입속으로 넣었다. 손에 닿는 촉감은 물렁물렁했는데 입안에 들어가자 쫄깃쫄깃한 것이 착 달라붙는 느낌이었다. 맛있기만 한데 왜 할머니가 어머니한테 야단을 치는지 알 수 없었다. 미처 누가 뭐라고 할 새도 없이 사촌들이 덩달아 시루에 달려들어 부엌은 금세 아수라장이 됐다. 뒤늦게 달려온 재이가 걱정스러운 듯 나를 바라보며 말렸지만, 이미 손을 쓸 수 없는 상황이었다.

"이라이 손주 놈 키아주봐야 말캉 도루묵이라 카제."

할머니의 서슬 퍼런 말이 떨어지기가 무섭게 아버지는 내게 벌을 내렸다.

"이게 무슨 짓이야. 종현이는 다락에 올라가서 부를 때까지 반성하고 있어!"

할머니의 분노를 가라앉히고 상황을 수습하기 위해서였지만, 이미 벌 받는 일에 달인이 된 터라 나는 아무래도 상관없었다. 평소에도 할머니 약을 잘 올리고 형한테 대들거나 고집을 피워서 벌을 받는 일이 다반사였다. 다만 형, 사촌들과 놀지 못한다는 게 속상할 뿐이었다. 다락에는 아기 때 쓰던 물건과 잡동사니가 가득차 있어서 사실 갇히더라도 심심하지는 않았다. 게다가 천장에 난 창문을 통해 들어온 햇살을 받으며 서 있으면 마치 무대에 오른 주인공이 된 기분이 들기도 했다. 빛과 온기에 비기어 외로움을 이기려 안간힘을 쓰다가 나는 어느새 깜빡 잠이 들었다.

"종현아, 일어나!"

이름을 부르는 소리에 눈을 떴다. 형이 무릎을 구부리고 앉아 나를 보고 있었다.

"할머니를 한 방 먹인 거, 정말 잘했어. 저럴 때면 꼭 마녀 같아."

재이는 빙그레 웃으며 주먹을 쥔 손을 펴서 내 눈앞에 디밀었다. 손바닥에는 작은 도토리 몇 알이 놓여 있었다.

"인제 그만 내려가자."

형의 손안에 든 도토리를 집으며 나는 죽었다가 깨어나도 그처럼 다정하고 사려 깊은 사람이 될 수는 없을 거라는 사실을 깨달 았다. 사위는 이미 어둑해지고 공기는 쌀쌀해졌지만, 도토리는 탁 구공만 해졌다가 이윽고 태양만큼 커져 둥둥 떠오르더니 환하고 따스한 빛살을 내려보냈다. 나는 그 시간이 영원하리라고 믿었다.

"수희의 보물 상자는 뚜껑이 닫혀 있군요. 무엇을 감춰두었는 지 궁금한데요."

상자를 꾸미며 어린 시절로 돌아가 한껏 추억에 잠겨 있는데 별안간 헤이즈 교수의 목소리가 들렸다. 다들 완성한 모양이었다. 서둘러 마무리를 짓고 수희의 자리로 걸음을 옮겼다. 윗부분을 잘 라내 누구나 안을 볼 수 있도록 한 내 상자와 달리 수희는 자신의 상자에 보물을 넣은 채 꼭꼭 닫아두었다. 이윽고 수희가 상자를 열더니 소년의 사진과 누군가가 그린 그녀의 초상화, 그리고 종이 비행기를 내보였다.

"이 사진은 동생이 초등학교 입학하던 날 내가 디지털카메라로 찍어준 거예요. 동생이 가지고 싶다고 해서 인화를 해줬어요. 그 리고 이 그림은 내가 교사가 되어 부임했을 때 축하 선물로 동생 이 그려준 거고요. 동생은 웹툰 작가가 되고 싶어했어요. 컴퓨터 를 이용해 인터넷에 만화를 그리는 사람이요. 그림을 잘 그렸거든 요."

수희는 무언가를 회상하는 듯 말을 멈추었다가 곧 밝은 미소를 띠며 이야기를 이어나갔다.

"이 귀여운 소년의 이름은 백상우입니다. 한국어로 발음이 비슷해서 백상어라는 별명이 있었는데, 난폭함과는 거리가 먼 순한 아이였죠. 나는 상우에게 딱지, 배, 비행기, 새, 지갑 따위를 어떻게 접는지 알려줬어요. 상우는 장난감이나 그림, 조가비, 솔방울, 종이 쪼가리 같은 것들을 하나도 버리지 않고 모아뒀어요."

"우리 어머니 같군요. 어머니도 방 하나를 형의 물건으로 온통 채워두셨죠."

내가 형의 방을 떠올리며 말하자, 수희는 입가에 옅은 미소를 지었다.

"맞아요. 뭐든 쉽게 없애고 버리는 사람이 있는가 하면 사소한 것이라도 버리지 못하고 간직하는 사람들이 있어요. 상우가 그랬어요."

수희의 이야기를 듣고 난 헤이즈 교수가 내 보물 상자를 가리키며 어떤 기억을 담고 있는지 물었다. 나는 우리 가족이 자주색 밴을 타고 타이어에 펑크가 날 때까지 신나게 돌아다니던 그 시절로 시곗바늘을 돌렸다.

아버지는 운전을 좋아했다. 열일곱 살에 미국으로 온 아버지가 제일 먼저 한 일은 운전면허증을 따는 것이었다. 아버지는 어렸을 때부터 경운기를 몰았고, 동네 형을 꼬드겨 오토바이를 타고 다녔다. 바퀴에 대한 아버지의 집착은 점점 강해져 중학생 때 트럭을 훔쳐 몰다가 경찰에 걸리기도 했다. 다행히 먼 친척뻘 되는 아저씨가 경찰이라 어떻게 손을 써서 간신히 사건을 무마해준 덕에 큰일이 일어나지는 않았지만, 그 이후로 요주의 인물로 찍힌 아버지는 동네에서의 모험을 포기해야 했다. 미국에서는 열여섯 살부터 운전면허를 딸 수 있다는 사실에 고무된 아버지는 영어도 제대로 못 하는 상태에서 필기시험과 실기시험을 하루 만에 통과해 면허증을 거머쥐었다. 그렇다고 차를 사서 타고 다닐 형편은 아니었지만, 운전할 자격을 갖추었다는 것만으로 대단한 일이었다. 아버지에게 차는 절대 자유의 세계로 가는 열쇠이자 한없는 가능성을 향한 도전을 의미했다.

아버지의 밴을 타고 다녔던 그 시절, 아버지가 휴가를 받는 날이면 우리 가족은 캠핑을 떠났다. 깊은 숲속이나 산, 강과 바다 어디든 들어가 텐트를 쳤고, 원주민 텐트에서 야영한 적도 여러 번이었다. 나무 열매를 따고 낚싯대를 드리우며 마치 자연인이 된 듯 자유로웠다.

"집시가 된 것 같아. 모텔도 아니고 숲속에서 텐트 치고 자면서 돌아다녀야 해?"

어머니는 이렇게 투덜거리면서도 다음에는 어디로 갈까 기대에 부푼 눈빛으로 아버지를 쳐다보곤 했다.

가끔 할머니가 고모 댁에 가거나 친구분들과 나들이하러 가서 집에 안 계실 때면 재이와 나는 피자와 햄버거, 스파게티 같은 음식을 실컷 먹을 수 있었다. 할머니의 말에 의하면 그런 건 음식이 아니었지만 어쨌건 나는 친구들이 먹는 것들도 먹고 싶었다. 집에서는 언제나 한국 음식을 먹었다. 애너빌에는 한국 슈퍼가 없어서 우리 가족은 한 달에 한 번씩 캐럴주 북부의 캘리시에 있는 한국 슈퍼에 가서 왕창 장을 봐 왔다. 그런 날이면 각자 원하는 간식거리를 고를 수 있었는데, 나는 초코파이, 재이는 맛동산, 아버지는 족발, 삼촌은 떡볶이, 그리고 할머니와 어머니는 단팥빵을 골랐다. 할머니와 어머니의 유일한 공통점이라면 단팥빵과 국수를 좋아한다는 것이었다. 그것만 빼고는 취향도 성격도 전혀 달랐다.

"시금치보다는 민들레가 훨씬 맛있었는데. 우리 시골 살 때 어머니가 민들레 자주 해줬잖아요."

저녁 밥상에 오른 시금치나물을 먹다 말고 아버지는 민들레를 들먹였다.

"민들레?"

나와 어머니, 재이는 무슨 이야기를 하는지 궁금해서 아버지를 쳐다보았다. 그러자 척척박사 삼촌이 나섰다.

"민들레는 아주 조그만 흰 꽃이나 노란 꽃이 피는데, 줄기는 하나고 잎은 땅에 거의 붙어서 나는 꽃이야. 영어로는 '댄들라이언'이라고 하는데, 프랑스어로 사자의 이빨에서 왔다고 해. 잎이 삐

죽삐죽해서 그런 이름이 붙은 것 같아. 비타민과 미네랄, 식이섬유가 풍부해서 몸에 좋다고 알려졌지."

삼촌의 설명을 들었는데도 도무지 감이 잡히지 않았지만, 어머니는 "댄들라이언!" 하면서 연신 고개를 끄덕였다.

"형, 여기도 노란 민들레 지천이에요. 그런데 그건 못 먹죠? 서양민들레는 한국에서 우리가 먹던 민들레하고는 달라요. 우리는 하얀 꽃이 피는 민들레를 따서 먹었잖아요."

그때 할머니가 나섰다.

"그런 기 있나? 노란 민들레도 묵기는 한다. 흰 기 더 좋고 우리 동네에 그기 천지라 그걸로 해 묵었제. 그라모 가서 우예 생겼는가 보자. 그기 어디 있드노?"

"길가나 공원 같은 데 천지던데요."

그렇게 해서 그 주 토요일, 우리는 국립공원으로 민들레 탐사에 나섰다. 할머니는 꽃과 잎을 꼼꼼하게 살피더니 몇 잎씩 떼어 맛을 보았다. 꽃을 뿌리째 뽑아 흙을 털어내고 한 가닥씩 조심스레 만지며 자세히 들여다보기도 했다.

"야들아. 오케이, 베리 굿이다."

할머니는 백 개 정도의 영어 단어만으로 미국인과 대화를 나눌 수 있었는데, 그것은 거의 마법에 가까웠다. 아버지는 집에서 무조건 한국말을 해야 한다는 법칙을 정해놓았다. 할머니를 위한 거였는지 아니면 우리 형제에게 한국인이라는 사실을 일깨워주기 위해서였는지 모르겠지만, 재이와 나는 한국어를 사용하는 데 별다른 어려움이 없었고, 할머니의 경상도 사투리까지 깨치게 되었다. 밑천이 떨어져 더는 영어가 통하지 않을 때면 할머니는 우리를 불러 통역을 시키곤 했다. 오케이, 베리 굿은 할머니의 기분이 최고조라는 것을 의미했다. 할머니는 가방에서 비닐봉지를 꺼내 하나씩 나누어주셨다.

"혹시나 해서 갖고 왔제. 할매가 선견지명이 있다 아이가."

할머니는 꽃과 잎만 따라는 명령을 내렸다.

나는 삼촌을 졸졸 따라다니며 민들레를 땄다.

"삼촌, 꽃도 먹는 거야?"

"꽃은 음식으로 먹는 게 아니라 할머니가 술을 담그신대. 아빠 준다고."

"꽃으로 술을 만들어?"

"그럼, 먹을 수 있는 꽃도 꽤 있지. 국화, 히비스커스, 연꽃, 장미, 백합, 라벤더, 이런 것들은 차로 마시거나 술을 담가 먹을 수 있어. 삼촌이 시골에 살 때는 진달래로 부침개도 해 먹고 그랬어."

꽃이나 잎, 뿌리, 열매 이런 것들을 우리가 먹을 수 있다는 게 신기했다. 한참을 따고 있는데 내 또래의 아이가 다가왔다.

"너 지금 뭐 하고 있는 거야?"

그 아이는 궁금한 듯 물었다.

"민들레를 따고 있어."

"민들레?"

"여기, 이 노란 꽃 이름이 민들레야."

나는 뻐기며 말했다.

"그래? 너는 꽃 이름도 잘 아는구나. 그런데 그걸 왜 따는 거지?"

"꽃이랑 잎을 먹기 위해 따는 거야."

"뭐? 이걸 먹는다고? 맙소사!"

그 아이는 구역질이 올라온다는 몸짓을 하면서 달아나버렸다. 별 싱거운 자식을 다 봤다. 나는 달아나는 그 자식의 뒤꽁무니에 대고 외쳤다.

"문디야!"

삼촌이 킥킥대며 물었다.

"너 어디서 그런 말 배웠어? 무슨 뜻인지는 알아?"

"배운 건 아니고 할머니한테 들었어. 이럴 때 쓰는 말이지."

나는 의기양양하게 답했고 삼촌은 어이없다는 듯 쳐다보았다. 점심으로 김밥을 먹고 아버지는 낚시를, 재이와 나는 삼촌이랑 축구를 했다. 할머니는 힘들지도 않은지 계속 민들레를 땄고, 어머니는 차에서 쉬겠다고 했다.

그날 저녁 밥상에는 민들레 나물과 민들레 된장국이 올라왔다. 그다음 날도 저녁 밥상에 어김없이 민들레가 있었다. 드디어 나흘째 되는 날 아버지가 한마디했다.

"어머니, 이제 다른 거 좀 먹읍시다."

"이기 끝이다. 인자 읎다."

아버지는 민들레에 질렸다고 하면서도 이따금 민들레 타령을 했다. 민들레를 따러 가자고 말을 꺼내는 쪽도 아버지였다. 그럴 때마다 어머니는 새벽에 일어나서 김밥을 싸야 하고 쪼그리고 앉아 민들레를 따야 하는 데다 다른 사람 보기에도 창피하다며 투덜거렸다. 솔직히 말하면 나는 그저 놀러가는 게 좋았지만, 어머니 편을 들어 위로했다.

"사진 속에 파란색 한복 저고리를 입은 두 소년이 존과 재이인 가요?"

내 이야기를 듣고 난 수희가 가족사진을 들여다보며 묻자 나는 오른쪽이 형이라고 답했다.

"둘이 정말 닮았어요. 표정 짓는 것까지도 비슷하네요."

수희의 말에 에바도 "어유, 귀여워"를 연발했다.

"자, 그럼 이제 에바의 보물 상자를 한번 보도록 하죠."

헤이즈 교수가 옆쪽으로 몇 발짝 움직이며 말했다.

"나는 털장갑을 준비했습니다. 엄지장갑이죠. 외할머니가 털실로 직접 짜주신 건데 이 장갑을 짜는 동안 어떤 심정이셨을지 생각하면 가슴이 먹먹해져요. 동시에 할머니의 사랑이 묻어 있어서 소중하게 여기며 간직하고 있어요."

"너무 예뻐요. 빨간색에 엄지손가락 끝부분이 분홍색으로 되어 있네요. 손등 부분에는 하늘색으로 하트가 수놓아져 있고요. 외할머니께서 미적 감각이 뛰어나신 것 같아요."

수희의 말에 에바는 고개를 끄덕였다.

"내가 태어나던 때부터 외할머니는 늘 함께하셨죠. 의류 공장에서 일하시면서 어린 엄마와 나를 돌봐주셨어요. 외할아버지의 술버릇이 나빠서 일찌감치 헤어지셨는데, 잊을 만하면 그분이 나타나서 그녀를, 아니 우리를 흔들어놓곤 했죠. 그것만 제외한다면 안온한 나날이었어요. 할머니는 손재주가 좋아서 집도 아기자기하게 꾸며놓으셨죠. 가끔 동네 분들이 집에 모여 할머니에게 뜨개질을 배우기도 했어요. 그렇지만 할머니는 이제 이 세상에 안 계세요. 사랑하는 사람들은 왜 이렇게 빨리 우리 곁을 떠나는지 알 수 없어요."

에바가 '우리'라고 했을 때, 나는 얇고 투명한 막이 304호 강의실을 감싸고 있는 느낌이 들었다.

워크숍은 까마득히 잊고 있었던 기억을 불러냈다. 도토리를 줍고, 고사리를 뜯고, 민들레 꽃잎을 따고, 원주민 텐트에서 야영하다 곰을 만났던 일. 미처 쌓일 틈도 없이 사라진 눈가루라 여기며, 어떤 빛도 닿지 않는 밑바닥에서 근근이 붙어 있는 심장으로 숨만 쉬며 살아가고 있었다. 하지만 어쩌면 먼저 떠난 건 나 자신일지도 몰랐다. 텀블러에 남은 밍밍해진 커피를 마시자 끈끈하고 뿌연 허기가 일었다. 한 번도 빛나본 적 없는 밤하늘에 구름이 몰려오기 전, 어제의 바깥으로 노을 한 점이 마음을 툭 치며 내려앉았다.

창고 세일

"존, 수희!"

워크숍이 끝나자, 에바가 수희와 나를 부르며 잠시만 기다리라고 했다. 표정이 밝은 걸 보니 무언가 좋은 일이 있는 것 같았다.

"이번주 토요일에 별일 없으면, 같이 창고 세일 갔다가 이탈리아 레스토랑에서 점심 먹을까?"

에바의 제안에 나는 난데없이 웬 창고 세일인가 싶어 에바를 쳐다보았다.

"이웃에 사는 친구 크리스틴의 할머니가 돌아가셨대. 근처에 사셨는데, 몇 년 동안 편찮으시다가 얼마 전에 그렇게 되셨어. 크리스틴 엄마가 유일한 상속자인데, 집은 이미 세를 났대. 곧 세입

자가 들어오는데 할머니가 남기신 물건이 많은가 봐. 할머니가 쓰시던 물건을 버리기 뭐해서 필요한 사람에게 거의 공짜에 가까운 저렴한 가격으로 준다고 했어. 그러니까 창고 세일이라기보다는 그냥 집 전체를 비우는 세일인 셈이지. 나는 이미 소파랑 테이블, 전자제품 같은 걸 갖고 왔어. 절친이라 우선권이 있거든."

수희는 "좋아요"를 외쳤다.

"미국에 그런 게 많다던데 한 번도 못 가봤거든요. 벼룩시장이나 일요시장, 다락방 정리 이런 건 기사에서나 봤고, 실제로 본 적은 없어요. 가보고 싶어요."

수희가 호기심 어린 눈빛으로 나를 바라보며 동의를 구했다.

"좋습니다. 한번 가보죠."

사실 나는 사람들로 북적이는 곳에 가지 않은 지 오래되었기에 썩 내키지는 않았지만, 수희가 원하고 있었고, 그녀에게 미국식 삶의 일부를 보여주는 것도 좋을 성싶었다.

"에바!"

크리스틴의 할머니 댁에 도착하자, 큰 키에 얼굴에는 주근깨가 가득하고 팔뚝에 근육이 단단하게 붙어 건강미가 넘치는 젊은 여성이 에바를 불렀다. 에바가 크리스틴과 이야기하는 사이 수희와 나는 집을 둘러보며 물건을 살폈다.

"와, 집이 꽤 넓은데요."

감탄사를 연발하던 수희의 얼굴이 이내 어두워졌다. 혹시 동생에 관한 일이 떠오른 게 아닌지 걱정되었다.

"왜요? 나갈까요?"

"아니에요. 그냥 몇 년간 편찮으셨다는데, 왜 정리를 안 하셨는지 궁금해져서요. 우리도 그렇게 될까요? 물건에 집착하는 게 삶을 향한 구애 비슷한 거라고 믿으면서 사는 것 말이에요. 첫사랑을 떠올리면, 그 사람의 마음이 아니라 선물이 기억나고, 여행을 가면 풍광을 눈에 담기보다 기념품을 사잖아요. 그렇게 모인 물건이 가득한 곳에서 생의 마지막을 맞게 된다면 그건 기억 속에서 맞는 죽음일까, 갑자기 그런 생각이 들어요."

수희의 진지한 질문에 나는 뭐라고 대답해야 할지 몰랐다. 필요하지도 않으면서 이것저것 샀다가 구석이나 창고에 처박아놓는 것이 나의 특기였으니까.

"동생의 물건을 정리하는데, 정말 난감했어요. 속옷과 양말 몇 켤레, 계절별 옷가지 몇 벌, 모자 두 개, 운동화 두 켤레, 지갑, 백팩, 노트북, 아이패드, 탁상용 컴퓨터, 화구. 여기까지만 보면 단출해요. 그렇지만 상우는 어렸을 적부터 쪽지, 스티커, 엽서, 장난감, 돌멩이 같은 것까지 하나도 버리지 않고 모아두었거든요. 그동안 읽었던 책과 그림일기, 일기장, 알림장, 그리고 소중한 것을 모은 종이 상자가 다섯 개 정도 되었어요. 부모님과 의논해 필요한 사람에게 나눠주고, 태우고, 마지막에 작은 종이 상자 하나만큼의 물건만 간직하기로 했죠. 그러면서 나도 물건을 정리했어요. 지금 나가다가 어떻게 될지도 모르는데, 이렇게 생각하면서요."

그때 에바가 대화에 끼어들었다.

"여기 두 분, 왜 이렇게 심각하실까?"

"아, 별일 아녜요. 난 쓸데없이 아무 때나 진지해진다니깐."

수희가 계면쩍은 표정을 지으며 말했다.

"그래서 물건은 골랐어요?"

에바의 물음에 수희는 고개를 가로저었다.

"정작 해야 할 걸 안 하고 있었네요."

수희는 이렇게 말하고는 손목에 차고 있던 곱창 모양의 밴드로 머리를 틀어올리더니 욕실 쪽으로 향했다. 에바와 나도 그녀의 뒤를 따랐다. 욕실 앞 화장대는 거의 비어 있었는데도 작은 보석함과 상자가 널브러져 있어 어수선한 느낌이었다. 보석함을 하나하나 열어보며 안을 들여다보던 수희가 갑자기 "어머!" 하며 감탄사를 내뱉었다.

에바와 나는 수희가 든 작은 보석함을 들여다보았다. 검은 타원형 알맹이의 중심에 다이아몬드처럼 빛나는 투명한 십자가가 박혀 있고, 가장자리에는 십자가를 따라 장미 문양이 수놓인 독특한 디자인의 은색 반지였다. 그 옆에는 나뭇잎 문양이 박힌 금색 펜던트가 놓여 있었다. 그런 분야는 문외한이라 보석의 정체나 가치는 알 수 없었지만, 한눈에 보기에도 깊은 세월의 정취가 느껴졌다. 에바가 펜던트를 들어 여기저기를 만지작거리다가 걸쇠를 풀자, 뚜껑이 열리더니 흑백 사진이 나타났다.

"정말 놀라워요. 겉은 아칸서스 잎과 두루마리 문양으로 장식되어 있고, 안에는 소년과 소녀의 사진이 들어 있어요. 아칸서스 잎은 예로부터 불멸을 상징하죠. 그리고 두루마리는 지혜와 삶을 나타내요. 양끝이 둘둘 말린 종이는 펴보기 전까지 그 길이를 알 수 없는 것처럼, 과거는 묻혀 있고, 미래는 알 수 없으니 무한한 가능성을 희망하며 현재를 살라는 의미를 담고 있어요."

수희는 미술치료사답게 문양에 담긴 의미를 상세하게 설명해 주었다.

"그렇군요. 역시 아는 만큼 보이는가 봐요."

에바가 고개를 끄덕이자, 수희가 손으로 입을 가리더니 다시 떼며 말했다.

"이것도 직업병이에요. 아는 것만 나오면 자꾸 설명하게 되거든요."

그러자 에바는 수희를 추켜세웠다.

"그래서 좋은걸요. 우리는 그냥 이파리 무늬 목걸이구나, 십자가 모양 반지구나, 그러고 마는데, 이렇게 숨은 의미를 알게 되니까 새롭고 더 귀해 보여요."

수희는 멋쩍은 듯 잠시 고개를 숙여 아래를 내려다보다가 보석함을 집어들었다.

"에바, 나 이거 갖고 싶어요."

나는 수희가 내미는 보석함을 보며 내가 고른 물건을 가리켰다.

"에바, 나는 이 고양이 그림이랑 꽃병으로 할게. 너는 더 골랐어?"

"나는 이미 너무 많이 가져가서 더 갖고 싶은 건 없어. 멋지다. 크리스틴에게 같이 가서 물어보자."

크리스틴은 우리에게 그냥 가지라 했다. 큰 물건들은 대부분 팔았고 지금 남은 물건들은 누군가 가져가지 않으면 버려야 하니, 혹시 더 필요한 게 있으면 주저 없이 가져가라고 했다.

"고마워요, 크리스틴. 혹시 할머니 성함을 알 수 있을까요?"

수희가 묻자, 크리스틴은 잠시 기다리라고 하더니 책장 쪽으로 가서 카드를 갖고 왔다.

"이건 할머니 생신 때 내가 드렸던 거예요. 아마 대여섯 살 때쯤으로 기억해요. 당신이 간직해준다면 좋겠네요."

곰이 그려진 홀마크 카드 윗부분에는 '사랑하는 할머니 다니엘라'라고 적혀 있었다.

"다니엘라 페이스예요, 할머니 이름은."

수희는 나지막이 할머니의 이름을 되뇌었다.

"어쩌면 내가 틀렸는지도 모르겠어요. 생명이 있다 혹은 없다, 이건 인간의 잣대잖아요. 이렇게 작은 액세서리도 자신의 수명이 다할 때까지 함께할 누군가를 찾고 기다리는 건 아닐까요? 난 이 물건들의 지난 시간이 궁금해요."

그러자 에바가 수희를 살짝 치며 말했다.

"난 이 물건들이 수희를 만나 어떤 걸 보게 될지 궁금한데요."

"앗, 그건 비밀로 하라고 해야겠네요."

당황한 표정을 짓는 수희의 말에 크리스틴까지 덩달아 짓궂은 표정으로 무슨 비밀이 그렇게 많은지 몰래 물어봐야겠다며 수희를 놀렸다. 수희의 얼굴이 빨갛게 달아오르자 다들 큰 소리로 웃었다.

버리는 것이나 간직하는 것, 물건에 애착을 갖는 것이나 소유욕을 초월하는 것도 각자 무엇을 중요하게 여기는지에 따라 달라진다. 어린 시절, 항상 탐내었던 형의 장난감과 옷은 형이 아프기 시작하면서 온전히 내 차지가 되었지만, 전혀 기쁘지 않았다. 그 뒤부터 나는 물건을 함부로 대하는 나쁜 버릇이 들었다. 그 무엇도 소중하지 않았고, 아끼고 싶은 마음도 들지 않았다. 그런데 앞으로는 어쩌면 조금은 달라질 수도 있을 것 같았다.

수희와 에바, 크리스틴, 그리고 나까지, 젊은 우리는 다니엘라 할머니가 남긴 세월의 흔적을 밟으며 폐허가 된 전장 속에서 살아남은 생명을 구해내는 전사처럼 가슴이 벅차올랐다.

드림캐처

"이 세계에 존재하는 것, 존재하다가 사라지는 것, 존재하지 않
았다가 존재하게 되는 것은 무엇일까요? 여러분은 자신이 어디
에서 왔는지 질문을 던져본 적이 있을 겁니다. 이런 질문은 존재
의 근원이 무엇인지에 관한 탐색을 담고 있습니다. 인간을 구성하
는 물질적인 요소와 정신적인 요소가 유전과 환경의 영향을 받는
다는 건 다들 잘 알 것입니다. 우리의 유전자에는 부모와 조부모,
그리고 그 이전의 조상이 남긴 흔적이 각인되어 있습니다. 유전자
는 피부색과 얼굴 생김새, 키와 같은 육체적인 면뿐 아니라 목소
리나 제스처, 알레르기 반응에까지 이르는 광범위한 영향을 줍니
다. 또한, 이전 세대가 풀지 못한 문제나 상처 역시 어떤 식으로든

우리에게 전해집니다. 때로 그것은 무의식의 영역에서 잠자고 있다가 어떤 사건을 계기로 돌출해 우리의 정신을 사로잡고 신체적 반응을 일으킵니다. 우리 안에는 이해하기 어려운 트라우마의 파편들이 박혀 있고, 이것이 세대를 넘어 전이되는 거죠. 하지만 회피할수록 문제는 걷잡을 수 없이 커집니다. 대부분의 사람은 문제에 부딪혔을 때 객관적인 자세를 취하지 못하고 마치 끝없이 빠져들 것처럼 그 안에서 허우적거립니다. 이럴 때 자신의 본질과 기원을 떠올려봐야 합니다. 스스로를 이해하고 파악하는 과정에서 자신에 대한 존중과 믿음, 사랑이 생겨나니까요. 오늘의 미션은 존재의 시원을 따라가며 작품을 완성하는 것입니다. 끌리는 대로 천이나 종이를 골라 그 위에 물감 뿌리기 기법을 이용해 표현하면 됩니다. 수희는 에바와 존에게 어떻게 하는지 시범을 보여주세요. 그럼 시작할까요?"

헤이즈 교수가 말을 꺼내자 수희는 하얀 도화지를 하나 고른 다음, 물감을 꺼내 팔레트에 짰다. 그러고는 물감을 물에 개어 붓으로 흩뿌리며 작업 방식을 설명해주었다. 나를 둘러싸고 얼기설기 엉켜 있는 뿌리를 표현하기 위해 어디서부터 어떻게 시작해야 할지 몰라 주춤했지만, 이내 거실 벽 중앙에 자리잡은 드림캐처를 떠올렸다.

반고수머리에 약간 밝은 피부색을 지닌 재현에 비해 나는 아버지처럼 머리카락이 빳빳하고 피부색도 갈색에 가까운 편이었다. 그것만 제외한다면 우리의 외모는 거의 비슷해 보였다. 어머니와 아버지는 유달리 색을 표현하는 단어에 민감했으며, 동시에 피를 강조했다. 칼에 베이거나 넘어져 다쳤을 때 몸에서 흘러나오는 붉은 피가 중요하다는 것은 삼촌 덕분에 충분히 알고 있었다. 삼촌은 피를 조금 잃는 것은 괜찮지만 우리 몸에 흐르는 피의 삼분의 일 이상을 잃으면 죽는다고 했다.

"삼촌, 그러면 피 색깔도 다 달라?"

"아니, 피 색깔은 다 같아. 피부색이나 머리카락, 눈동자 이런 것들은 사람마다 각기 다르지."

"그런데 피가 같다, 피가 다르다 그런 말을 해?"

"그건 유전자 때문인데,"

"유전자가 뭐야?"

삼촌은 자신의 지식을 쏟아낼 기회가 오자 신이 난 듯 목소리 톤을 높였다.

"유전자는 세포를 구성하는 데 필요한 정보를 갖고 있어. 인간의 몸에는 60조 개 이상의 세포가 들어 있는데, 그 양이 어마어마해. 나중에 수학을 더 공부하면 알게 될 거야. 이 세포가 모여서 한 인간이 만들어지는 거지. 정확하게 말하면 피가 아니라 유전자를 물려받아 색깔이 정해지는 거야."

"그러면 재이와 내가 닮은 것도 피 때문이 아니라 유전자 때문이란 말이야?"

삼촌의 말은 어려웠지만, 아무튼 유전자가 중요하다는 것 같아 되물었다.

"그래, 바로 그거야. 우리 존이 똑똑한 것도 아빠의 유전자를 물려받아서 그래."

그러니까 작은 키와 마른 체구도 유전자의 영향을 받아서 그렇다는 것이었다. 아버지와 어머니가 강조하는 피가 사실은 유전자였다는 사실을 나는 그때 깨달았다. 좋든 나쁘든, 모든 책임은 유전자에 있었다.

어머니의 피부색은 밝았고 머리카락과 눈동자의 색깔은 우리와 비슷한 짙은 밤색이었다. 옆집 빌리의 눈동자는 파란색이었는데, 나는 바다를 닮은 그 색깔이 늘 부러웠다.

"엄마, 사람들이 나는 아빠를 닮고 형은 엄마를 닮았대요. 삼촌이 그러는데 그건 유전자 때문이래요. 엄마는 누구를 닮았어요?"

"외할머니의 집안 쪽으로 거슬러올라가면 우리 조상은 원주민이었다고 해. 이 땅에서 원주민을 쫓아낼 때 다행히 이곳에서 살아남았던, 얼마 안 되는 사람 가운데 한 명이었지. 그러다가 한 원주민 소녀가 백인 소년을 만나 사랑에 빠졌고 아이를 낳았어. 초창기에 이쪽 지역에는 스코틀랜드 이주민들이 주로 정착했다니까 어쩌면 소년은 그들 중 한 명이었겠지. 이후부터 원주민과 백인 혈통이 섞이게 된 거란다."

"원주민은 어떤 사람이에요?"

"원주민은 원래 이 너른 땅에 살던 사람들이었지. 자연을 사랑하고 약속과 명예를 소중하게 여겼어. 그렇지만 침략자들은 자연을 훼손하고, 약속을 어기고, 원주민을 무시했단다. 그래서 많은 이들이 다치거나 죽고 조상의 땅을 빼앗겼어."

"원주민은 엄마처럼 생겼어요?"

"아니. 잠깐만."

어머니는 책을 꺼내 원주민의 사진을 보여주었다.

"그러니까 너와 재이는 한국인, 원주민, 백인의 혈통을 모두 이어받은 거야. 저기 벽에 걸린 장식품 있지? 드림캐처라고 하는데 원주민 소녀가 만든 거랬어."

"드림캐처?"

"잠자는 동안 부정적인 생각이나 나쁜 운은 송두리째 저 그물에 걸리게 돼. 반대로 좋은 꿈은 중심에 있는 구멍을 통과해 잠 속으로 들어가지. 원주민 조상의 이름은 레오티였는데 초원의 꽃이라는 뜻이야. 하지만 어떤 연유에서인지 원주민에 관한 기록은 아무것도 남지 않았어. 저 드림캐처와 레오티라는 가운데 이름만이 대대로 장녀에게 전해내려오고 있어."

"그럼 엄마 가운데 이름도 레오티예요?"

"맞아. 그렇지만 이제는 물려줄 딸이 없네."

차라리 딸로 태어났더라면 좋았을걸. 나는 아쉬운 심정으로 어머니를 쳐다보았다.

"엄마, 나중에 내가 크면 저 드림캐처 나한테 주면 안 돼요?"

"왜? 마음에 들어?"

나는 연신 고개를 주억거리며 간곡하게 부탁했다.

"엄마, 제발요."

"그래. 그렇게 할게."

"혹시 여동생이 생기더라도 꼭이에요."

"그럴 일 없겠지만, 그런다고 해도 꼭 사랑하는 작은아들한테 줄게."

나는 엄마의 어딘가에 원주민의 유전자가 남아 있을 것이고, 그렇다면 분명히 엄마가 약속을 소중히 여길 것이라고 믿었다. 드림캐처가 나쁜 것을 걸러낸다는 말에 어린 마음도 한결 가벼워졌다. 난생처음으로 재이가 모르는 비밀을 만들면서 비로소 나만의 특권을 갖게 된 셈이었다.

어머니에게서 다짐을 받아내던 당시를 회상하며 빨간색을 중심에 놓고 형형색색의 빛나는 색으로 드림캐처를 나타내려고 했는데 생각대로 되지 않았다. 하지만 오랫동안 구석에 밀어두었던 주제를 떠올려보는 것만으로도 충분했다. 파란색, 보라색, 연한 하늘색, 연두색 등이 뒤섞인 수희의 그림은 환상적인 분위기를 자아내고 있었다. 그녀가 어떤 이야기를 들려줄지 궁금해하며 다들 수희의 그림 앞에 서자 수희가 입을 열었다.

"할아버지는 제가 어렸을 때 돌아가셔서 기억이 안 나지만, 할머니는 동생이 태어나면서부터 우리 가족과 함께 지내셨어요. 할머니는 자주 할아버지 이야기를 들려주셨죠. 할아버지는 일본 유학파 지식인이셨대요. 두 분은 전쟁 이후 진주에서 만나셨다고 해요. 북한에서 어릴 때 혼인했던 할아버지는 그곳에 가족이 있다고 했어요. 할머니와 재혼한 할아버지는 공산당 경력이 밝혀지는 바람에 수감생활을 하셨죠. 경제적으로 어려웠던 데다 할아버지의 과거로 인해 아버지는 애초에 공부를 포기하고 장사치를 따라 떠돌아다녔다고 해요. 그러다 정착한 곳이 은성이었어요. 내가 경험하지 못한 전쟁이 사람들의 삶에 어떤 영향을 미쳤는지 자세히 알 수는 없지만, 가끔 멍한 얼굴로 허공을 쳐다보는 할머니를 보며 전쟁은 정말 끝났을까 하는 의문이 들었어요. 강대국 간에 기 싸움이 벌어지면서 같은 민족끼리 서로 총부리를 겨누고, 힘없는 사람들을 학살하고, 서로 이념이 다르다며 무참히 짓밟았어요. 이념이 뭔지도 모르는 사람들까지 포함해서요. 전쟁은 우리 세대와 아무런 상관이 없는 것 같지만, 실은 그리 오래되지 않았어요. 우리 조부모가 직접 겪은 것이고, 우리 부모들은 전쟁의 트라우마를 가진 부모 밑에서 자라난 거예요. 그런 공포와 두려움이 내 몸 어딘가에 숨어 있다가 어떤 계기를 만나면 툭툭 튀어나오는 것 같아요. 결국 상우는 그 몹쓸 전쟁이 남긴 상흔을 온몸으로 안은 채 떠났고요."

수희는 동생의 사고를 언급했지만, 아직은 구체적으로 어떤 사고를 어떻게 당했는지 털어놓지 않았다. 그만큼 충격이 컸던 것이겠지. 순간 입에 올리기도 힘들고, 발음하기조차 어려운 단어들이 수희를 뱀처럼 친친 감고 있는 모습이 그려졌다. 나는 그런 이미지를 떨쳐내기 위해 머리를 흔들었다.

"제 그림은요."

에바가 목소리를 가다듬으며 잔뜩 긴장한 기색으로 말문을 열었다. 그녀의 도화지 위에는 짙은 갈색, 회색, 오렌지색 계열의 물방울들이 흐릿해지다가 진해지거나 가늘어지다가 굵어지기를 반복하고 있었다.

"어머니는 짐바브웨에서 태어나셨어요. 열두 개의 손가락을 갖고 태어난 그녀는 일곱 살 즈음 미국으로 오게 되었다고 해요. 그런데 학교에 가자마자 아이들의 놀림거리가 되었어요. 어머니는 곧 손가락 때문이라는 걸 알았지만, 형편이 넉넉지 않아 즉시 수술을 받을 수 없었어요. 학교에 안 가겠다고 버티며 울자, 할아버지는 밥도 안 주고 창고에 가두었죠. 학교에 가면 웃음거리, 집에서는 갇혀 있는 처지에서 어머니는 어떤 것도 선택할 수 없었을 거예요. 마침내 손가락 제거 수술을 받던 날 어머니는 기쁨을 감출 수 없었어요. 그러나 시간이 지날수록 사라진 손가락의 느낌은 더욱더 강하게 남았고, 때로는 가렵거나 아프기까지 했대요. 어머니는 자녀를 갖지 않기로 했지만, 뜻대로 되지는 않아서 스무 살에 나를 낳았어요. 그래도 아빠가 백인이면 아무 일 없을 거라고 믿었는데, 약지 옆에 또 하나의 손가락이 붙어 있는 아기를 보고 소리 지르며 울다가 정신을 잃었죠. 어머니는 내가 다지증을 갖고 태어났다는 사실을 알지 못하도록 곧바로 제거 수술을 시켰고, 나는 한동안 그 손가락이 있었는지도 모른 채 살았어요. 그러다가 외할아버지가 등장하면서 모든 비밀이 적나라하게 드러나버렸어요. 어머니는 외할아버지에게 저주를 퍼부으며 꺼져버리라고 소리쳤지만, 이미 늦었던 거죠. 나는 모든 사실을 알게 되었으니까요. 한창 예민하던 사춘기라 충격이 컸어요. 현대의학에서는 손가락이나 발가락을 보통 사람들보다 몇 개 더 갖고 태어나는 현상을 다지증이라고 해서 병으로 취급하지만, 사실 아무런 증상도 없어요. 어떤 문화권에서는 신성시하기도 하죠. 외할머니는 오히려 열개의 손가락을 갖고 태어나 집안에서는 돌연변이 취급을 받으셨다고 해요. 자매들은 전부 열두 개의 손가락을 갖고 있었대요. 나는 여태껏 덧붙여진 뼈와 살점을 그저 저주라고만 여겼어요."

에바처럼 흑인과 백인의 혼혈은 흑인들 사이에서 간혹 배척당하는 경우가 있다. 흑인의 혈통을 중요하게 여기는 집안에서는 같은 인종과의 결혼을 강요하기도 한다. 에바는 덧붙여진 손가락으로 인해 끊임없이 자신의 근원을 향한 질문을 던지고 있었다.

워크숍을 마치고 에바와 나란히 주차장으로 걸어가면서 그녀에게 무언가 말을 건네고 싶었지만 적당한 문장이 떠오르지 않았다. 아는 게 많다면 그럴듯한 말을 해줄 수 있을 텐데. 그런 생각을 하며 나도 모르는 사이 노래를 읊조렸다.

"비틀스, Here comes the sun."

"응?"

"방금 그 노래, 어머니가 제일 좋아하는 노래야. 자장가처럼 듣고 자랐거든."

나는 어쭈, 하며 비틀스의 다른 곡을 허밍으로 불렀다.

"In my life."

"제법이군. 그렇다면 훨씬 어려운 곡으로 하지. 이건 정말 모를걸."

그때 학생 네 명이 우리에게 다가오더니 말을 걸었다.

"우리는 학교 동아리 '최고의 친구(Best Buddies)' 회원들입니다. 지금 프리 허그 이벤트를 진행하고 있는데 혹시 안아드려도 될까요?"

내가 어떻게 하면 좋겠냐는 의미로 에바를 쳐다보니 그녀가 동의한다는 듯 고개를 끄덕였다.

"좋습니다."

그러자 세 명의 여학생과 한 명의 남학생이 차례로 우리를 안아주었다. 평상시라면 나는 이런 종류의 행사를 거들떠보지도 않앉을 것이다. 하지만 서로 포옹을 나누는 순간 이들이 나를 걱정해주고 나를 위해 기도해주고 있다는 느낌이 고스란히 전해졌다. 감정을 그대로 표현했다면 눈물 몇 방울이라도 맺혔겠지만, 감정을 억누르는 게 더 익숙한 터라 그런 드라마틱한 일은 일어나지 않았다.

프리 허그를 마치고 나는 학생들에게 "고맙습니다."라고 말했다. 그건 지금까지 숱하게 내뱉은 겉치레와는 달리 진심에서 우러난 인사였다. 때로는 몇 마디의 말보다 낯선 이와의 악수나 포옹이 더 큰 위로가 되기도 한다. 프리 허그가 끝나고 에바와 나는 동시에 서로를 꼭 껴안은 채 말없이 한참을 서 있다가 다시 주차장을 향해 뚜벅뚜벅 걸었다.

어둠의 시간을 나는 새

그동안 나는 마치 기쁨이나 즐거움의 시간이 단 일 초도 없는 사람처럼 하루하루를 시큰둥하게 흘려보냈다. 뒤섞여 있는 어떤 기억도 떠올리지 않으려 애쓰며 마치 어제는 사라졌고 내일은 오지 않을 것처럼 절망을 한 장씩 뜯어 먹으며 살고 있었다. 그렇다고 크게 불행하다는 느낌도 들지 않았다. 그런 감정조차 거의 무뎌졌기 때문이었다.

확실히 알 수는 없지만, 미술치료 워크숍은 서서히 내 안의 무언가를 깨우고 있는 듯했다. 형식적으로 오가던 상담과는 달리 내가 가두어놓은 시간의 빗장을 열게 했는데, 그것이 좋은 일인지는 아직 알 수 없었다. 헤이즈 교수, 에바, 수희와 팀이 된 지금, 마치

퍼즐을 맞추어나가는 것 같기도 하고 출구를 찾는 미로 게임 같기도 해서 아직은 이 워크숍에 사로잡혀 있었다.

가까스로 시간에 맞춰 강의실에 도착하니 304호의 문이 활짝 열려 있었다. 서둘러 자리를 잡고 앉자 헤이즈 교수가 새의 사진을 펼쳐 보이며 이야기를 시작했다.

"알에서 새끼 새가 부화하면 부모는 둥지에 새끼를 키우며 먹이를 물어다 주고 돌봅니다. 그렇지만 그 시간은 그리 길지 않죠. 때가 되면 어미 새는 새끼를 매몰차게 대하며 이소의 단계로 나아가게 합니다. 자아가 생기고 독립심을 키우는 과정에서 아이는 어려움을 겪고 실패와 좌절을 맛보게 됩니다. 인간은 세상을 마치는 그날까지 크고 작은 시련을 겪으며 살아가는 존재입니다. 인간이 하루하루 행복 속에서 웃으며 살아갈 수 있다면 얼마나 좋을까요? 그러나 우리가 사는 이 세상은 예측할 수 없는 문제로 가득차 있고 그로 인해 우리는 한숨을 쉬거나 울거나 화를 냅니다. 여러분의 삶을 지배했던, 그리고 여전히 무게를 가하는 고통에는 어떤 것이 있습니까? 이번 시간에는 새를 주제로 그림을 그리려고 합니다. 책상 위에 도화지와 크레파스, 색연필, 물감 등이 있습니다. 원하는 재료를 사용해 여러분의 암울함을 새의 형상으로 나타내 보세요."

헤이즈 교수의 말을 듣자 이번에는 나를 지배하는 음울한 시간과 제대로 맞닥뜨려야 한다는 중압감이 몰려왔다. 어렸을 때부터 나는 유난히 새 그림을 좋아했다. 유치원에서도 초등학교에서도 미술 시간이면 새부터 그렸다. 어느 일요일, 아침부터 새소리가 요란해 일찍 잠을 깼다. 소리를 따라 발걸음을 옮기다보니 뒷마당에 이르렀고, 거기에 아버지가 서 계셨다.

"벌써 일어났어?"

"네, 새소리 때문에 깼어요. 아빠는 뭐 하고 계세요?"

"응. 새 모이를 주고 있지. 굴뚝새들이 우리 집을 찾아왔구나."

귀여운 새들은 아버지의 손바닥에 있는 부스러기를 열심히 쪼아 먹고 있었다.

"이게 굴뚝새예요? 아주 조그맣네요. 그런데 목소리는 어떻게 그렇게 클까요?"

"굴뚝새는 설움이 맺혀서 그 아픔을 호소하느라 그런단다."

"아픔이라고요?"

"그래. 서양에서는 크리스마스 다음 날 아이들이 굴뚝새를 잡아 집집이 돌아다니며 용돈을 받는 풍습이 있었어. 그래서 가여운 굴뚝새는 아이들에게 희생당했단다. 한국에도 굴뚝새에 관한 슬픈 전설이 있지. 내가 어렸을 때 할머니가 해주신 이야기야."

"아빠, 듣고 싶어요. 이야기해주세요."

나는 호기심에 눈을 빛내며 아버지를 졸랐다.

"그래? 좋아, 기억을 되살려볼까? 아주 오래전 어떤 마을에 한 형제가 살고 있었단다. 형은 심성이 비단결같이 곱고 무엇이든 동생에게 주었지만, 동생은 욕심쟁이라 무엇이든 가지려고 했어. 그런데 형이 그만 큰 병에 걸려 앓게 되었어. 형은 세상을 떠나는 날 동생에게 가족을 부탁하며 눈을 감았어. 하지만 동생은 형의 재산을 가로채고 조카들에게 고된 일을 시키며 음식도 제대로 주지 않았지. 겨울이라 살을 에는 추위가 닥쳤는데도 불조차 때지 않았단다. 큰 조카는 너무 추워 굴뚝으로 들어갔다가 죽어서 굴뚝새가 되었다고 해."

"아주 고약한 동생이네요. 하지만 형과 나는 사이가 좋고 둘 다 마음씨도 착해요. 우리는 서로의 가족을 잘 돌봐줄 수 있어요."

나는 주먹을 쥐며 다짐하듯 말했다.

"물론이지. 당연히 그럴 테지."

기분이 좋아진 아버지는 새들에게 한참 동안 먹이를 주셨고, 나도 그 옆에서 아버지를 따라 손바닥에 빵부스러기를 올려보았다. 모이를 쪼아 먹는 앙증맞은 부리가 손바닥을 간지럽히는 감각을 느끼며 새의 색깔 없는 울음을 보았다. 그 뒤로 자그마한 몸뚱이에 커다란 설움을 담은 굴뚝새는 내게 고통의 상징이 되었고, 오래지 않아 그 새는 나를 지배하며 내 안에 자리잡았다.

원래 불교 신자였던 할머니는 우리가 한두 살 되던 무렵부터 교회에 다니셨다고 한다. 안나 할머니가 전도한 이래 교회 없는 그녀, 박영순 여사의 삶은 떠올릴 수 없게 되었다. 당시 재이와 나는 쌍둥이 유모차를 타고 다녔는데, 그때부터 사람들은 그녀를 '쌍둥이 할머니'라고 불렀다.

할머니는 재이와 나를 동시에 부를 때면 '쌍디야'라고 했고, 가족을 전부 소집할 일이 있으면 '야들아' 혹은 '야야들아'라고 했다. 그 한마디면 누구나 하던 일을 멈추고 할머니 앞에 집합해야 했다. 그날도 할머니는 쌍디야! 하며 큰 소리로 우리를 호출했다. 할머니의 일과는 기도로 시작해서 기도로 끝났고, 사이사이 궁금하거나 필요한 게 있으면 삼촌을 불렀다. 할머니의 잔심부름을 도맡아 하는 건 척척박사 삼촌이었지만, 삼촌이 없을 때면 재이가 할머니의 비서가 되었다.

"쌍디 느그 글 읽을 줄 알제?"

"할머니, 나는 조금 알고 형은 잘 알아요."

물론 나도 한글을 어느 정도 읽을 수는 있었지만, 받침이 있는 글자는 헷갈려서 괜히 안다고 나섰다가 할머니한테 핀잔만 들을까 봐 한발 물러섰다. 둘째로 태어나 매사에 눈치를 보며 살아가야 했기에 나설 때 안 나설 때를 잘 가릴 줄 아는 것도 능력이라면 능력이었다.

"그라모 재이 니 할매한테 이 찬송가 좀 갈차줄 수 있나? 눈이 영 침침해서 몬 읽겠다."

"네, 할머니."

"이 노래가 흥이 나고 좋더라. 십자가 군병들아."

"네. 읽어볼게요. 십자가 군병들아 주 위해 일어나 기 들고 앞서 나가 굳세게 싸워라⋯."

재이는 천천히 읽더니 손바닥으로 허벅지를 두드리며 노래를 부르기 시작했다.

"십자가 군병들아 주 위해 일어나 네 힘이 부족하니 주 권능 믿어라. 복음의 갑주 입고 늘 기도하면서 너 맡은 자리에서 충성을 다하라."

놀랍게도 아무도 찾지 않는 깊은 계곡에서 떨어져 커다란 바위와 나무의 밑동을 적신 뒤 흘러내리는 시냇물 소리가 재이의 입을 통해 새어나왔다. 재이가 간혹 노래를 흥얼거리는 적은 있었지만, 이토록 빠져들 만큼 멋진 목소리로 노래를 부른 적은 없었다. 재이 스스로 무언가에 홀리고 취한 것 같은 모습이었다.

눈이 휘둥그레진 할머니가 물었다.

"재이 니 이 노래 아나?"

"네. 교회에서 들어봤어요."

"배안 기 아이고?"

"배운 적은 없어요."

"우찌 이리 신통하노. 그거 고마하고 이거 불러바라."

할머니는 또 다른 찬송가를 찾아서 재이 앞에 들이밀었다.

"아, 이 노래도 알아요."

"해바라."

"예수로 나의 구주 삼고 성령과 피로써 거듭나니 이 세상에서 내 영혼이 하늘의 영광 누리도다. 이것이 나의 간증이요 이것이 나의 찬송일세."

할머니와 나는 동시에 눈을 크게 뜨고 서로를 쳐다봤다.

"대발견인데요!"

"하모. 대발견!"

"형, 노래하는 거 어떻게 배웠어?"

"학교에서 배웠지. 교회랑 한글학교에서도 배우고."

그러니까 나와 같은 조건이고 나보다 열한 달 더 배웠다는 건데 잘은 몰라도 재이의 노래 실력은 내가 도무지 따라갈 수 없을 정도로 높은 경지에 올라 있다는 것만은 확실했다. 할머니가 퀴즈를 내듯 찬송가를 이것저것 불러보라고 하자 재이는 들어본 적 없는 찬송가를 척척 불러댔다. 재이가 가진 천재성이 그날 할머니의 주문으로 튀어나온 것이었는지, 어쨌든 그날 이후로 재이는 음악 신동의 길을 걷게 되었다. 아버지는 아들을 딴따라가 되게 할 수는 없다며 싫은 내색을 했지만, 할머니는 막무가내로 재이를 끌고 주 무대인 한국교회에 가서 사람들에게 자랑했다. 그럭저럭 하겠거니 하며 들어나보자던 사람들은 하나같이 재이의 노래에 감탄했고, 교회 지휘자로부터 재이는 '타고난 목소리를 지닌 절대 음감의 소유자'라는 총평을 받았다. 재이는 기타를 치는 아버지와 삼촌의 어깨너머로 혼자 악보 보는 법을 익혔다고 했다. 목사님은 재이에게 성가대 활동을 제안하기에 이르렀다.

"남 집사님, 일요일에 재이를 교회에 조금 일찍 데려다주시면 노래를 연습시켜서 성가대와 같이 무대에 세우려고 합니다."

딴따라 운운하던 아버지는 목사님의 제안에 고집을 꺾고 마침내 재이의 성가대 활동을 허락했다. 숨어 있던 천재 돌연변이 유전자가 발현되면서 재이는 본격적으로 성악과 피아노 레슨을 받았고, 교회와 학교에서 대표로 노래를 부르게 되었다. 혹시나 해서 나도 테스트를 봤는데, 재이와 같은 재주는 없다는 것을 거듭 확인하는 절차에 불과했다. 음치는 아니었지만, 목에 핏대가 설 정도로 열심히 불러도 제대로 된 목소리가 나오지 않았다. 그러니까 나는 아니었다.

"형처럼 나도 장손으로 만들어주세요. 뛰어난 재주 한 가지를 내려주세요. 사람들이 나를 쳐다보게 해주세요."

어린 나의 기도는 부러움과 질투가 뒤섞인 애절함을 담은 채 불가능을 향해 끝도 없이 이어졌다. 우리는 비슷한 목소리를 가졌지만 안타깝게도 내게는 노래를 부르는 달란트가 주어지지 않았다. 세상은 공평하지 않았고, 재이는 장남의 권위와 책임감, 의젓함에 더해 천상의 목소리까지 지녔다. 나는 그저 재이의 기가 막힌 노래 실력과 멋진 양복을 부러워할 뿐이었다. 학교나 교회에

행사가 있을 때마다 재이는 까만 양복에 하얀 와이셔츠, 나비넥타이까지 갖춘 근사한 모습으로 등장하곤 했다. 재이의 목소리는 부드럽고 시원하면서도 달콤했다. 그가 노래를 부르면 마치 민트 초콜릿 향이 풍겨나오는 것 같았고, 사람들은 조그만 몸집에서 발산하는 에너지와 미성에 열광했다.

그날은 아주 특별한 날이라 할머니와 어머니는 아침부터 분주했다. 부활절이라 한국교회와 미국교회에 다니는 사람들이 같이 예배를 본 다음 식사를 할 예정이었기 때문이다. 우리 가족은 한국교회에 속해 있었는데, 어머니를 제외한 가족들은 국적과 상관없이 자신을 한국인이라고 여겼다. 아니, 심지어 어머니마저도 '우리 한국 사람'이라고 말하곤 했다. 교회 파티를 위해 각자 음식한 가지씩을 준비하기로 했고, 우리 집은 잡채를 해가기로 되어있었다. 나는 손으로 잡채를 집어 먹었다.

"존, 이따 교회에서 먹어야지. 손으로 그렇게 집어 먹으면 안돼."

"네, 엄마."

그렇게 대답하며 마지막으로 잡채를 한 움큼 집어 돌아섰다.

"존, 나 좀 봐."

머리에 젤을 바르고 양복을 입은 재이는 그 어느 때보다 말쑥해 보였다.

"와, 진짜 대단한데."

"이 옷 좋으면 나중에 너 입어."

"정말?"

재이는 마치 내 기분을 읽는 것 같았다. 내가 하고 싶은 것을 알려주었고, 갖고 싶은 것을 나눠주었으며, 노래 부르는 법과 글을 읽고 쓰는 법, 계산하는 법까지 빠짐없이 가르쳐주었다. 심지어 재이는 장남의 특권이나 자신이 지닌 재능까지도 공유하려 했지만, 내가 자격 미달이거나 능력이 부족해 가질 수 없을 뿐이었다.

재이는 예배 마지막 부분에서 성가대와 같이 노래를 부르기로 되어 있었다. 한국 사람들은 평소에 미국교회에 딸린 부속 건물을 교회로 사용했는데, 부활절과 성탄절에는 본 교회에서 미국 사람들과 합동으로 예배를 드렸다. 재이가 바로 그 큰 무대에 선 것이었다. 가족과 같이 앞쪽에 앉아 있던 나는 재이의 얼굴을 자세히 보기 위해 목을 최대한 앞으로 빼고 눈을 크게 떴다. 반주가 흘러나오자 재이는 긴장한 듯했지만, 눈을 감은 채 호흡을 고르고는 노래를 시작했다. 조명은 오로지 재이를 향해 내리비췄고 재이의 청아하고 흠결 없는 목소리가 천장을 뚫고 천상에까지 닿을 것처럼 곧게 뻗어나갔다. 재이의 선창이 끝나고 성가대의 합창이 이어졌다. 성가대와 재이의 목소리가 하모니를 이루며 흘러나왔고, 사람들은 마치 홀린 듯 그들의 음악에 빠져들었다. 황홀한 것이 부활의 기쁨인지 음악인지 분간할 수 없을 정도로 고결한 합창이 교회 전체를 울리며 예배를 더욱 성스럽게 했다. 나는 재이와 형제라는 사실이 자랑스러웠고, 마치 내가 무대에 선 것처럼 들뜨고 긴장되었다.

다음 곡의 반주가 흘러나오자 재이는 박자에 맞추어 고개를 까딱거리며 기다렸다. 하나, 둘, 셋, 넷. 나도 따라 속으로 박자를 세었다. 그런데 잘 모르는 내가 보기에도 전주가 너무 길어지는 것 같았다. 왜 재이가 노래를 시작하지 않는 걸까. 기침 소리 하나 없는 침묵 속에서 기다림이 계속되던 어느 순간 마이크를 꼭 쥔 채 옆으로 기울어진 재이는 그대로 무대에 쓰러졌다. 곧바로 곁에 있던 사람들이 황급히 재이에게 뛰어갔고, 누가 먼저랄 것도 없이 어머니, 아버지가 재이를 향해 뛰쳐나갔다. 놀란 내 손을 거칠게 잡아챈 할머니는 잰걸음으로 문을 향했다.

구급차가 와서 재이를 실어 간 뒤 할머니와 나는 교회에 남아 잡채를 먹었지만, 마치 고무줄을 씹는 것처럼 질겅거렸다. 재이는 그날 집으로 돌아오지 않았다. 그다음 날도, 그다음 날도 재이의 모습은 보이지 않았다. 재이가 없는 몇 달 동안 나는 태어나서 처음으로 셀 수 없이 많은 일을 혼자서 해냈다. 재이 없이 학교 가기, 재이 없이 밥 먹기, 재이 없이 교회 가기, 재이 없이 차 타기, 재이 없이 놀기. 무엇보다 힘들었던 것은, 그리고 단 한 번도 가정해보지 않았던 것은 재이가 없는 방에서 혼자 잠드는 일이었다.

이층은 물건을 쌓아두는 곳이었고, 일층 복도 끝에 욕실과 화장실이 딸린 안방을 부모님이 사용했다. 그 옆이 재이와 내가 함께 쓰는 방이었고, 할머니는 거실에 있는 욕실 바로 옆방, 삼촌 방은 그 맞은편에 있었다. 우리가 잠자리에 들기 전 어머니는 침대 머리맡에 걸터앉아 항상 책을 읽어주었다. 어머니가 떠나고 어둠을 밝히는 작은 등 하나만 남은 방에서 재이와 나는 그 빛에 의지하며 잠이 의식을 지배할 때까지 도란도란 이야기꽃을 피웠다. 주로 재이가 이야기하고 나는 듣는 편이었다. 재이는 책의 끝부분에 살을 붙여 이야기를 이어나가거나 낮에 있었던 일을 들려주었다. 나는 재이의 이야기에 푹 빠져들었다고 생각하면서도 어느 순간 잠이 들었다. 깨어나면 아침이었고, 어떻게 잠이 들었는지, 이야기가 어떻게 되었는지 도무지 기억이 나지 않았다.

재이가 없는 방에서 재이를 기다리는 동안 나는 잊힌 아이가 되었다. 할머니는 거의 교회에서 지내다시피 하셨고, 어머니와 아버지는 교대로 병원에서 재이를 돌보았다. 재이 없이 학교에 간 첫날, 할머니는 밥과 김치, 달걀, 김으로 도시락을 싸주셨다. 그렇지만 그로 인해 나는 학교에서 아이들로부터 무지막지한 따돌림과 놀림을 당해야 했다. 아이들은 고린내가 난다며 코를 막고 욕을 해댔다. 나는 도대체 왜 그러는지 알 수 없었지만 기분이 몹시 상했고, 할머니한테 샌드위치나 핫도그를 싸달라고 했다.

"한국 사람은 밥심으로 사는 기라. 빵 쪼가리 묵고 우찌 사노. 안 된다."

더는 김치 도시락을 들고 갈 수 없었던 나는 방 안에 도시락을 숨기고 학교에서는 쫄쫄 굶은 채 집에 와서 도시락을 처리했다. 그렇게 뒤죽박죽이 된 시간이 흘러갔고, 끝이 보이지 않던 기다림은 재이의 귀환으로 막을 내렸지만, 그건 단지 불행의 서막에 불과했다. 재이는 원인과 병명을 알 수 없는 질환이라는 진단을 받고 집으로 돌아왔다.

"존, 보고 싶었어."

이렇게 말하는 재이의 목소리는 어딘가 어색하게 들렸다. 재이는 이전과는 완전히 달라져 있었다. 옆으로 돌아간 재이의 입은 기괴한 형상을 만들었고, 뻣뻣하게 굳은 양 손가락은 마치 나뭇가지가 뻗친 것 같았다. 재이는 다시는 노래를 부를 수 없었으며, 숟가락질과 젓가락질도 할 수 없었고, 학교에 갈 수도 없었다. 재이의 얼굴과 몸은 하루가 다르게 앙당그레 뒤틀렸고 아는 단어의 수도 줄어들었다. 기억이 희미해지고 말과 기억을 잃어가는데 이상하게도 그의 눈동자만은 유독 더 투명해지고 깊어졌다.

나는 형의 지위를 물려받았지만, 정작 기대했던 관심이나 애정은 돌아오지 않았다. 투명 인간이 되어 몇 날 며칠을 혼자 보내는 적도 있었다. 모두의 관심은 아픈 형에게 쏠려 있었고, 나는 외로움이라는 형벌을 감내해야 했다. 자신의 그림자를 보기 위해 뒷걸음질을 치며 사막을 걷는 순례자처럼, 빨리 떨어지려고 안간힘을 쓰는 마지막 꽃잎처럼, 높은 골짜기에서 메아리라도 들으려는 산지기처럼 나는 지독하게 외로웠다.

어머니와 아버지가 일하러 간 동안 집에는 할머니와 재이가 남았다. 삼촌은 마인주에 있는 대학에 전액 장학생으로 간 뒤 집에 거의 오지 않았다. 지리적으로 멀기도 했고, 공부하면서 생활비를 버느라 바빴다. 무엇보다 삼촌은 자기 삶을 개척해야 했기에 우리 가족과 거리를 두는 편이 현명했을 것이다. 나는 차라리 학교에 가는 날이 그나마 나았다. 선생님과 친구들은 좋은 쪽으로든 안 좋은 쪽으로든 최소한의 관심을 보였다. 안색이 나쁘거나 새로운 물건을 들고 가는 날이면 알은체를 해주는 사람이 적어도 한 명은 있었으니까. 그러나 집에만 들어가면 세상은 재이를 중심으로 돌아갔고 나는 티끌만큼의 관심도 받지 못했다.

"쉬잇. 재이 누우 잔다."

할머니는 발뒤꿈치까지 들고 다니며 재이가 깰까 봐 노심초사했고, 재이를 돌봐주는 메리는 어머니가 퇴근하기 전까지 재이의 옆에 붙어 시중을 들었다. 재이처럼 후천적으로 장애가 오면 가족들은 상태가 점점 나빠지는 것에 낙담하고 불행해한다. 똑똑하고 활발하던 모습을 기억하는 가족들에게 의사소통 기능이 점점 떨어지고 움직임마저 어려워 기저귀를 차야 하는 지경에 이른 재이를 지켜보는 일은 그야말로 고역이었다. 내일은 또 어떤 기능이 약해지고 어디가 아플지 미리 걱정하면서 살아야 했다. 일이 년 더 살 수 있다는 의사의 말에 희망을 걸며 그가 우리 곁에 조금이라도 더 머물 수 있다면 무엇이라도 할 수 있다고 서로를 다독거리다가도, 누구 때문에 이렇게 되었느냐며 서로에게 분노의 칼을 들이밀었다. 형이자 가장 친한 친구였던 재이의 퇴행을 지켜보면서 나는 혼란스러웠다.

"조!"

형은 가까스로 나를 '존'이 아닌 '조'라고 부르며 무언가를 요구했다.

"응."

"저거."

"이거?"

재이는 고개를 흔들었다. 나는 그의 시선이 닿는 곳에 놓인 물건을 죄다 집어들어 보였다. 그러나 재이는 계속 아니라며 고개를 저었고, 급기야 짜증을 내며 소리를 질렀다. 그 소리에 할머니가 달려왔다.

"와 재이를 건디노?"

할머니는 눈을 흘기며 타박을 줬다.

"이거?"

할머니가 고양이 인형을 집어들자 형은 어어 하며 빨리 달라는 신호를 보냈다. 조금 전에 내가 물어봤을 때는 아니라고 하더니. 억울했지만 참아야 했다. 감정을 표현해봤자 더 거친 비난이 돌아올 것이 뻔했기 때문이다. 예전에는 형이어서, 지금은 아기가 되는 바람에, 재이는 더욱더 많은 특권을 누렸다. 재이는 어떤 상황에서도 사랑받고 돌봄을 받는 존재였다. 가끔은 재이가 차는 기저귀를 차고 재이의 휠체어를 타고 싶다는, 유치한 생각이 든 적도 있었다. 그럴 때면 나는 방에 틀어박혀 음악을 틀었다. 삼촌이 떠나면서 삼촌의 방은 내 차지가 되었다. 그나마 나의 공간이 있다는 것이 위안이 되었다. 어차피 혼자일 바에야 아무에게도 방해받지 않고 쥐 죽은 듯 찌그러져 있는 편이 나았으니까.

재이가 아프기 시작하면서 세상은 재이를 중심으로 움직였고, 그나마 교회에 가는 것이 재이의 유일한 나들이이자 우리 가족의 사교 활동이었다. 재이는 교인들의 입맞춤과 포옹을 받으며 천진난만하게 웃었다.

"재이, 저번보다 훨씬 좋아 보이네."

"어쩜 저리 웃는 모습이 멋질까?"

이 시절 나의 가장 큰 고민거리는 어떤 표정을 어떻게 지을지, 그리고 어떤 말을 어떻게 할지에 관한 것이었다. 재이의 곁에서 나는 웃는 사람도 우는 사람도 아니어야 했다. 슬프지도 기쁘지도 않은 어정쩡한 모습으로 누군가 말을 걸기 전까지 침묵하고, 묻는 말에만 짧게 답하며 사려 깊은 사람으로 보이기 위한 연기에 집중했다. 그것만이 내가 재이의 특권을 강탈했다는 비난을 받지 않고 살아가는 유일한 길이라고 믿었다.

"여보!"

얼마 만일까? 모처럼 들어보는 어머니의 들뜬 목소리였다.

"소원을 들어주는 재단에서 우리 식구를 초대한대."

어머니는 절망의 나락에서도 희망의 끈을 놓지 않았다. 느긋하고 매사에 수동적인 편이었던 어머니는 재이의 문제에 있어서는 발빠르게 대처하는 능동적인 모습을 보였다. 재이에게 좋다는 약과 음식을 끊임없이 사다 날랐으며, 마사지와 침, 점술에 이르기까지 시도하지 않은 것이 없었다. 그리고 어머니는 편지를 썼다. 재이의 상태를 알리고 정보를 구하거나 도움을 요청하는 내용이었다. 그 결과 한 달에 두 번씩 사회복지사가 무료로 방문했고, 주정부로부터 약간의 재정적인 지원도 받게 되었다. 게다가 이번에는 비행기를 타고 놀이공원에 가서 두 밤이나 자고 온다니! 상상만으로도 하늘을 둥둥 떠다니는 기분이었다. 재이가 쓰러지던 그해 여름, 우리 가족은 플로리다에 있는 판타지월드에 가기로 했다. 여행을 코앞에 두고 재이가 쓰러진 뒤로 여행은커녕 동네 공원조차 가기 힘들어진 상황이었다.

어머니의 편지가 채택되어 판타지월드에 초대받았다는 소식을 들었을 때 나는 볼을 꼬집어보았다. 이런 일이 생기면 안 될 것 같았다가도 진흙탕에 빠진 우리 가족에게 잠시의 달콤함 정도는 괜찮을 거라는 생각이 갈마들었다. 아버지는 회사 일이 바빠 갈 수 없다고 해서 할머니와 어머니, 나, 재이 이렇게 넷이 가게 되었다.

생전 처음 타보는 비행기, 친절한 안내 방송과 기내식. 마치 새로운 세상에 온 듯 모든 것이 흥미진진했고 감탄이 절로 나왔다. 비행기에서 내리자 하얀 리무진이 우리를 기다리고 있었다.

"어서 오세요. 왕자님들!"

화사한 미소를 걸친 안내원들이 우리에게 왕관과 가운을 내주었다. 할머니는 "옴마야, 무시라!" 하면서도 열심히 따라다니셨다. 나는 빙빙 도는 놀이기구를 타면서도 전혀 무섭거나 어지럽지 않았다. 멋진 갑옷을 입은 기사가 내 손을 잡아주었고, 어딜 가나 곁에 붙어 있었다. 다른 아이들은 내가 부러운 듯 쳐다보았다. 재이는 휠체어에 기댄 채 이 모습을 바라보다 나뭇가지 같은 양손을 가까스로 부딪쳐 소리를 내며 환하게 웃었다.

"형, 형도 나랑 같이 한 개만 타보자."

재이는 고개를 저었다. 재이를 위해서라기보다 나 자신을 위해 제일 쉬운 기구 하나만이라도 재이와 같이 타보고 싶었다. 문득 재이 덕분에 여기까지 왔다는 생각에 미안한 마음이 들었기 때문이었다. 어린 마음을 옥죄는 죄책감을 읽은 것이었을까. 내가 무섭지 않고 재미있을 거라며 계속 조르자 재이는 간신히 고개를 끄덕였다. 그렇게 우리는 회전목마의 마차에 올랐고, 나는 행복해하는 재이를 보며 마음의 무게를 조금이나마 덜 수 있었다. 그날 밤, 재이와 나는 꿈의 궁전에서 달님의 입맞춤을 받으며 잠들었다. 아침이 되면 모든 것이 신기루처럼 사라질 것 같았지만, 암울한 어

린 세상에 잠시 내려앉은 밝은 달빛에 취해 나는 오래도록 꿈꾸고
싶었다.

환상의 세계 역시 재이를 중심으로 돌고 있었어도, 다시는 우
리에게 이런 시간이 오지 않으리라는 것을 알았기에 나는 주어진
시간에 전념했다. 재이의 휠체어를 밀며 재이가 보고 싶어하는 것
을 보여주고, 재이가 갖고 싶어하는 것을 손에 쥐여주었다. 재이
는 이유식 같은 것만 먹을 수 있었기에 나는 재이 앞에서는 과자
나 초콜릿을 먹지 않았다. 물론 재이가 그런 것 따위를 기억할 리
는 없었지만, 할머니가 본다면 형은 죽어가는데 혼자 간식이나 우
걱우걱 처먹는, 자기밖에 모르는 놈이라고 욕할 게 뻔했다. 그렇
게 몇 번 욕을 먹고 비난받은 뒤로 나는 세상의 기쁨을 아예 포기
해버렸다.

철이 들면서부터는 혹시 나도 재이와 같은 병에 걸리지는 않을
까 하는 두려움에 떨었다. 만약 유전이라면 언젠가는 내게도 괴로
움이 닥칠 것이었다. 그러면서 재이가 겪는 증상을 나도 종종 보
이게 되었다. 하고 싶은 말이 있는데 단어를 잊어버려 한참을 헤
매기도 했고, 화장실에 가기도 전에 옷이나 이불에 실례한 적도
있었다. 심지어 호흡이 곤란하고 밥을 삼키기조차 힘들어서 결국
의사를 찾아야 했다. 내과 의사는 정신과 의사를 소개해주었고,
그가 내린 진단은 애정 결핍으로 인한 퇴행이었다. 그러나 가족
가운데 누구도 내 병 따위에 관심을 기울이지는 않았다.

나는 줄곧 재이를 따라 했고 재이가 되고 싶었다. 쌍둥이는 서로의 거울과도 같다고 한다. 아일랜드 쌍둥이도 그럴까. 재이는 나를 보며 자신을 느끼는 것일까. 재이가 쓰러진 그 순간부터 나의 세계는 어두운 정령의 지배를 받았고, 나는 공평하지 않은 햇볕이 내리는 바깥을 버리고 안개로 뒤덮여 부유스름한 안으로 침잠했다.

색연필로 그린 교회 꼭대기의 굴뚝새를 보고 수희는 고통을 아름답게 표현했다고 말해주었다. 아름다운 고통이라니. 나의 아픔을 다독이려는 그녀의 생각이 반영된 듯했으나 정확한 의미는 알 수 없었다. 수희는 아주 커다란 새를 연필로 세밀하게 그린 다음 수채화 형식으로 색칠한 그림을 들어 보였다. 얼굴과 먹은 크림색이었고 머리와 목덜미 쪽은 옅은 노란색이었다. 날개는 검은 갈색과 짙은 회색을 띠었으며, 부리는 붉은색으로 웅장함과 위엄마저 느껴졌다. 그녀의 새는 암울함과는 거리가 멀어 보였다.

"동생은 웹툰 작가가 되고 싶어 그림도 그리고 글도 끼적거렸어요. 그림 연습을 위해 스케치북을 사면 상우는 항상 맨 앞 페이지에 웅장하게 날아오르는 앨버트로스를 그렸어요. 자유와 희망, 강건함의 상징이자 바다의 왕자로 불리는 앨버트로스는 상우가 좋아했던 새예요. 몸길이가 1미터 정도 되고 날개를 펴면 3미터가 넘죠. 비행 속도는 시속 130킬로미터나 돼요. 그렇지만 커다란 날개가 있다고 쉽게 날 수 있는 건 아니래요. 상승기류를 타야 날 수 있어서 그 큰 날개로 날아오를 때까지 끊임없이 퍼덕거려야 해요. 제일 빠르면서도 온 힘을 다하지 않으면 날지 못하고 물에 빠지거나 바위에 부딪혀 죽다니, 아이러니죠."

"그럼 수희는 이 그림을 통해 어떤 아픔을 이야기하고 싶은 건가요?"

헤이즈 교수의 질문에 수희는 잠시 숨을 고르더니 말을 이었다.

"부모님이 나를 낳고 아이가 안 생겨서 노심초사하시다가 동생이 태어났기 때문에 다들 무척이나 동생을 아꼈어요. 장사하시는 부모님 대신 내가 동생을 돌봤고, 대부분의 시간을 함께 보냈어요. 그렇게 자란 나는 고등학교에서 영어 교사로 근무를 시작했고, 동생은 갓 스물이 되던 해 군대에 가게 됐어요. 그런데 사고가 난 거예요. 전쟁을 하는 것도 아니고, 군대에 가서 이 년 정도만 복무하면 돌아오는 걸로만 알고 있었어요. 북한에서 핵실험을 하고, 미사일을 쏘아도, 으레 하는 행사처럼 여겼죠. 청년들이 군에 입대하고, 가끔 탈영이나 총기 사건이 벌어지기도 했지만, 직접적으로 연관이 있으리라고는 상상도 못 했어요. 그런데, 동생은 돌아오지 않았어요. 해변에서 수색작업을 하다가 목함지뢰를 밟았던 거죠. 길이는 20센티미터, 폭이 9센티미터, 높이가 4센티미터 정도니까 겨우 성인 손바닥 남짓한 크기예요. 흔히 도시락 모양의 나무 상자 형태를 하고 있죠. 그런데 그 안에 엄청난 파괴력을 감추고 있나 봐요. 맞아요, 그런 건 눈에 보이지 않는 법이죠."

수희는 손가락을 펼쳐 한 뼘을 만들어 보이면서 마치 무언가에 홀린 듯 눈앞에 그 장면이 보이는 것처럼 세세하게 묘사했다. 최면에라도 걸린 걸까. 나는 혹시라도 수희가 저러다 쓰러지지는 않을지 걱정되었다.

"상우는 해변의 곳곳을 부지런히 파헤쳐요. 만두 한 봉지, 죽 한 그릇도 안 되는 무게를 지닌 작은 나무 상자를 찾으려고요. 곧 피서철이라 관광객들이 몰려들 텐데, 추억을 만들기 위해 방문한 곳에서 누구도 다치거나 불행한 일을 당해서는 안 된다, 그리 단단히 마음먹으며 수풀을 뒤적거려요. 혹여 수상한 물건이라도 눈에 띌까 노심초사하면서요. 그때, 누군가 소리쳐요. 목함지뢰를 발견한 거죠. 조심해야 하는데, 여기 지뢰밭이야, 이어 이런 목소리도 들려요. 발밑을 조심해. 긴장한 상우는 마치 왈츠의 스텝을 밟듯이 가만가만 부드럽게 움직여요. 그때 위쪽에서 굉음이 들리고 동료들이 하늘로 솟았다가 땅으로 떨어져요. 상우의 스텝이 꼬이더니 폭발음이 나고 상우의 몸이 어디론가 튀어요. 상우는 보이지 않아요. 다들 빠져나와! 10달러도 채 안 되는 싸구려 나무 도시락 폭탄, 러시아어로 고체 폭탄을 뜻하는 뜨로찔. 그 뜨로찔에 젊은 꿈들이 산산이 부서져서 가루가 되어 녹아내려요. 현장에서 너무 멀리 날아간 상우를 찾기까지 시간이 꽤 걸렸다고 해요. 그사이 상우는 엄청난 피를 쏟아냈어요. 상우는 병원의 침대에 누워 있어요. 얼굴은 마치 겨울에 장독대에 내려앉은 눈처럼 하얗고 부드러워 보여요. 잠시 평화로운 잠에 빠진 것같이 고요한 상태죠. 의사는 상우가 피를 너무 많이 흘려서 의식이 없다고 말해요."

수희의 얼굴은 이미 눈물로 범벅이 된 상태였다. 수희를 멈추게 하려고 다가가자 헤이즈 교수는 손을 저었다. 그대로 두라는 의미였다. 이건 치유라기보다 가혹한 자기학대 행위에 가깝다는 의구심이 들었고, 우리는 그저 수희의 아픔을 지켜보는 구경꾼 같기만 했다.

"그리고 잠시 후 모니터에서 날카로운 소음이 들렸어요. 동생의 심장이 멈춰버린 거예요. 동생을 그리 허망하게 보내고 단 하루도 편히 잠들 수 없었어요. 그 뒤에 찾아온 절망과 죄책감에서 벗어나기 위해 별짓을 다 했어요. 미소라도 짓는 것이 큰 죄인 양 흐린 낯빛을 띠었죠. 그런데 의사가 그래요. 웃어도 된다고. 그래야 동생도 웃을 거라고. 장례가 끝났지만, 학교로 돌아갈 수 없었어요. 장난꾸러기처럼 굴다가도 어느 순간 의젓해지는 남학생들에게, 졸업하고 청년이 되어 상우처럼 군대에 갈 그들에게, 이 나라는 안전하니까 딴생각 말고 공부에 전념하라고 말할 수는 없었거든요."

수희는 비로소 동생을 앗아간 사고의 실체를 들려주었다. 마치 지뢰 폭발이라는 끔찍한 장면이 눈앞에 보이는 듯 이야기하는 그녀에게 동생의 죽음은 한 장면 한 장면 생생하게 각인되어 있었던 것이다. 어느 것 하나도 놓칠 수 없었던 그녀는 지난한 시간을 끌어안은 채 아프게 살아가고 있었다. 상우에게 자유와 기상의 상징이었던 새의 날개가 수희에게는 절망이자 무거운 짐이었다. 앨버트로스, 앨버트로스. 나는 낮게 새의 이름을 불러보았다. 별안간 새의 눈동자에서 반짝이는 빛이 일었고 심장이 뛰는 소리가 들리는 듯했다. 나는 수희를 쳐다보았다. 마법에서 풀려난 사람처럼 언제 그랬느냐는 듯 눈물은 지워져 있었고, 눈동자는 청명했다. 어느새 그녀는 내가 아는, 바로 그 수희로 돌아와 있었다.

에바의 새는 하얀 공작이었다. 나는 의아했다. 왜 자신의 상처를 아름답고 고귀해 보이는 새에 빗대어 표현하는지.

"어렸을 때 동물원에 자주 갔어요. 차를 타고 두 시간 정도 가야했지만, 어머니는 특별한 날마다 그곳에 데리고 가주셨어요. 특히 눈길을 끌었던 것이 바로 흰 공작이었어요. 화려한 공작도 있었지만, 하얀 자태가 훨씬 멋있어 보였거든요. 나중에 흰 공작은 이종이라는 것을 알게 됐어요. 손가락의 비밀을 알게 되었을 때, 제일 먼저 떠오른 것이 바로 이 하얀 공작새였어요. 다른 공작과 달리 하얀색이라 비정상 취급을 받잖아요. 마치 나처럼요. 태어나서는 안 되는데 태어났다고요. 아이가 태어나면 다들 우스갯소리로 하는 말 있죠, 손가락 발가락 전부 열 개 맞느냐고. 그게 내 경우에는 농담이 아니었던 거예요."

에바의 말을 듣고 나니 우리가 자신의 고난을 일그러진 모습으로 표현하지 않은 이유를 알 것도 같았다. 우리 같은 사람들은 자신의 환부를 드러내지 않으려고 스스로 감추거나 포장한 채 살아간다. 가시가 돋은 아픔은 건드리지 않고, 슬픔은 독에 묻어 맨 마지막에 꺼내 먹으려 한다. 화려한 가면을 쓰고, 침묵에 발을 묶은 위태로운 종족들은 확성기에 대고 소리치지도, 노래를 부르지도 않으며 하루하루를 살아낸다. 여리고 보드라운 날개나 장엄한 날개 혹은 순백의 날개로 통증을 감춘 채 울렁거리는 지층의 굉음을 들으며, 심산한 영혼을 달래며, 시간의 신전을 떠도는 것이다.

깊고 아득한 바닥

띠링.

자정이 다 되어가는 시간에 문자라면 어머니가 틀림없었다. 단아 양이 아픈가 싶어 메시지를 확인하니 수희에게 온 문자였다.

'자나요?'

수희는 세미나 참석차 뉴욕에 간다고 했다. 오늘 돌아온다고 했는데. 나는 곧바로 전화를 걸었다.

"도착했어요?"

"네, 그런데 문제가 생겼어요."

수희는 거의 울먹이는 목소리였다.

"자세하게 말해봐요."

나는 걱정이 되어 가슴이 터질 것 같았다.

"공항에 도착했는데, 차 시동이 걸리지 않아요. 사람은 아무도 없고, 주위는 온통 칠흑 같아 겁이 나요. 휴대전화 배터리도 나가버렸어요. 어두운 데서 겨우 보조 배터리를 찾아 문자를 보낸 거예요. 이것도 얼마 안 남아 있어요."

"주차장 위치랑 차량 번호를 문자로 보내줘요. 그리고 차 안에 들어가서 문 잠그고 있어요."

"지금 그렇게 하고 있어요."

"춥지는 않아요?"

"안 그래도 추워서 가방에 있는 옷 죄다 꺼내서 뒤집어쓰고 있어요."

덜덜 떨고 있을 수회를 생각하니 당장이라도 달려가서 안아주고 싶었다. 그렇지만 우선 배터리를 점화하려면 배터리 케이블이 필요했다. 이 시간에 어디 가서 케이블을 구한단 말인가. 트렁크에 그런 것 하나 진즉 사놓지 않은 것이 후회스러웠다.

나는 캘리공항과 배터리를 키워드로 검색을 시작했다. 그때 누군가 블로그에 쓴 글이 눈에 띄었다. 공항 주차장에 세워둔 차의 배터리가 방전되는 경우가 많아 공항에서 배터리 점화 서비스를 시작했다는 내용이었다. 친절하게도 그 블로거는 전화번호까지 올려놓았다.

여보세요. 네, 친구가 공항 주차장에 있는데 배터리가 방전되었습니다. 네, 3주차장 B구역 23번에 있습니다. 차량 번호가….

나는 수희의 문제를 해결하고 어둠에서 구해낼 수 있다는 생각에 마음이 다소 가벼워졌다. 그녀를 위해 무언가를 할 수 있는, 대단한 사람이 된 것 같은 착각마저 들었다.

"곧 당신이 있는 곳으로 사람이 갈 겁니다. 공항 서비스 차량이니까 모양을 보면 알 수 있어요. 겁내지 말고 문을 열어줘요. 차가 도착하면 그 자리에서 나한테 전화해요. 할 수 있죠?"

그녀를 안심시키기 위해 최대한 차분하고 침착한 말투로 이야기하려 했다.

"네, 알았어요."

수희의 목소리는 조금 전보다는 안정된 것처럼 들렸다.

"이제 곧 집에 올 수 있으니까 걱정하지 말아요. 저녁 식사는 했습니까?"

"아뇨, 비행기가 연착된 데다 주차장 오는 셔틀을 잘못 타는 바람에 주차장을 몇 구역이나 돌았어요. 오늘은 운수 나쁜 날인가 봐요."

"그런 게 어딨어요. 안 좋은 일이 겹친 것뿐입니다. 내가 먹을 거 좀 갖고 어머니 집으로 가서 기다릴 테니 조심해서 와요."

나는 중국 식당에 들러 수희가 먹을 음식을 포장 주문한 다음 어머니 집으로 향했다. 어머니와 단아 양은 한밤중이었다.

타닥, 탁.

삼십 분쯤 뒤 집 앞에 차가 멈추는 소리가 들리더니 이윽고 잠금장치 소리가 났다. 나는 얼른 문을 열었다. 수희의 짐을 받아 집 안에 들여놓은 다음 멈춰 서서 그녀를 꼭 안고 이마에 입을 맞추었다. 수희는 아무런 말 없이 그대로 내 품에 안겨 있었다. 바람에 흔들리는 잎새처럼 오들오들 떠는 것이 고스란히 전해졌다. 얼마나 겁나고 추웠을까.

"이제는 다 끝났어요. 괜찮아요."

나는 그녀를 토닥거리며 말했다. 누군가를 진정으로 위로하고 달래준 게 도대체 얼마 만인지 몰랐다. 내가 그녀에게 의지가 되기는 하는 건지 의구심이 드는 동시에, 수희에게 칼루아 밀크를 건네던 그때와는 나 자신이 사뭇 달라진 것이 느껴졌다. 당시의 나는 수희가 주체할 수 없이 흐느끼는데도 그저 지켜보기만 할 뿐 그녀의 이야기를 들어주거나 위로의 말을 건넬 엄두조차 내지 못했다. 내 안의 어둠을 바라보기에 급급했기에 모든 게 서툴렀다.

"고마워요."

수희는 눈물이 그렁그렁한 눈으로 나를 바라보며 가까스로 이 말을 건넸다. 물이 새고, 변기가 막히고, 윗집에서 쿵쿵거리고, 폭우에 간판이 떨어지고, 길을 가다 맨홀에 발이 빠지는, 일상에서 일어나는 크고 작은 사건들이 때로는 그저 지나가는 스트레스가 되기도 하지만, 고통에 휘감겨 절망의 깊고 아득한 바닥에 가라앉은 사람들에게는 더 크고 더 두렵게 다가온다. 우리는 그렇게 남들보다 더한 통증을 느끼며 살아간다.

고통받으며 사는 이들은 짐짓 아무렇지 않은 듯 연기하며 살아가다가도 남실바람처럼 사소한 흔들림에 와르르 무너져내리곤 한다. 그러나 바닥의 껍질은 질기고 두터워 더 이상 내려갈 수 없도록 해준다. 그러니 맨 밑바닥이라는 사실이 어쩌면 위안이 될 수도 있다. 누군가가 디디고 일어설 수 있는 단단한 버팀대가 될 수 있으므로. 순간 내 안에서는 그렇게 단단한 바닥이 되어 수희를 올려보내고 싶다는, 속절없는 바람이 한차례 폭풍처럼 일었다. 나는 용오름을 잠재우며 가만가만 귀엣말을 건넸다.

오늘 하루 고생했어요, 당신.

끊어내지 못할 인연

"이번에는 부모와 나의 관계를 되짚어보는 시간을 갖고자 합니다. 부모는 우리의 의지와 무관하게 우리와 연결되어 있습니다. 부모에게는 자기 부모가 양육한 방식이 배어 있고, 그것이 고스란히 자식에게 전달됩니다. 호불호와 취향, 말투뿐 아니라 행동이나 정서에 이르기까지 부모는 자녀의 삶 전반에 지대한 영향을 끼치죠. 대부분의 사람이 부모와의 관계에 어려움을 느낍니다. 그래서 형식적으로 대하거나 원망하거나 심지어 외면하고 절연하기도 합니다. 하지만, 좋든 싫든 피할 수 없는 이 인연의 끈을 진지하게 생각해봐야 합니다. 자신이 느끼는 복잡한 감정 뒤에 자리한 게 무언지 파악하는 것만으로도 문제 해결의 실마리를 발견할 수 있고, 나아가 삶의 의미를 찾는 데 있어 하나의 가능성을 발견할 수 있습니다. 부모가 내 삶에 어떤 영향을 주었는지, 독립된 인격체로서 나는 어떻게 살아왔고 또 어떻게 살아가야 하는지를 포토아트 방식으로 표현해보겠습니다. 그전에 이 슬라이드를 잠깐 보도록 할까요?"

헤이즈 교수가 보여준 사진은 성모마리아가 예수를 안고 있는 조각이었다. 미켈란젤로의 피에타라고 했다. 다음 슬라이드는 피에타 사진 위에 색감이 도드라지는 그림이 합쳐진 작품이었다.

"우리가 할 작업은 이처럼 사진 위에 그림을 그리는 겁니다. 먼저 각자 준비해온 부모님의 사진을 기기에 올려 스캔하고 컬러로 프린트합니다. 프린트한 종이 위에 각자 물감을 이용해 그림을 그린 다음 다시 사진을 찍고 프린트해서 액자에 넣을 겁니다."

나는 준비한 어머니와 아버지의 사진을 수희에게 건넸다. 수희는 사진의 스캐닝과 프린트를 도와주었다.

부모가 자식을 위해 절대적으로 헌신하던 시절도 있었는데, 언제부터인가 그들은 자신들만의 삶을 살기 시작했다. 희생하는 부모를 성가셔했지만, 막상 그들이 각자의 삶을 살자 나는 버려졌다는 느낌을 받았다.

어머니는 아버지와 이혼한 뒤에도 여전히 아버지에 관한 모든 것을 간직하고 있었기에 원하는 사진을 갖고 오는 데 별문제는 없었다. 레이스가 풍성한 하늘색 드레스에 굵은 웨이브의 긴 머리를 한 어머니와 검은 양복에 나비넥타이를 한 앳되고 촌스러운 모습의 아버지는 따스한 눈빛으로 서로를 바라보고 있었다. 그러나 첫 사랑이자 마지막 사랑이 되겠다는 각오로 아버지를 택한 어머니의 삶은 녹록지 않았다. 툭하면 남녀를 따지고 한국 며느리도 안 하는 고릿적 시집살이를 시키는 시어머니에다 시동생과 어린 두 아들까지 돌봐야 했다. 게다가 직장 일도 해야 했기에 몸이 몇 개라도 모자랄 지경이었다. 할머니의 불호령과 갑작스러운 호출로 하루도 조용할 날이 없었지만, 가족들은 누구나 그런 소란에 익숙했다.

　"조안아!"

　"네, 어머니."

　"여 쫌 와바라."

　잽싸게 달려와 할머니 앞에 선 어머니는 앞으로 모은 두 손을 만지작거리며 어떤 날벼락이 떨어질지 몰라 안절부절못했다.

　"니 이기 머꼬?"

　할머니는 팬티 한 장을 깃발처럼 들고 흔들어대며 말했다.

　"내가 속옷을 매매 삶아서 볕에 말리라 했제?"

　"어머니, 그렇게 하고 있어요."

　"그라모 이 빤쓰가 와 건조기 속에 드가 있노?"

"실수로 한 장 빠졌나 봐요."

어머니는 기어들어가는 목소리로 간신히 답했다.

"단디 하라 안 했나."

할머니는 무서운 얼굴로 어머니를 쏘아보았다.

"죄송합니다."

할머니의 호된 꾸지람에 어머니는 연거푸 고개를 조아리며 용서를 빌었고, 그제야 할머니는 가보라며 어머니를 방에서 내보냈다. 문밖에서 서로 눈짓을 해가며 기다리던 재이와 나는 동시에 어머니에게 달려가 안겼다.

"엄마!"

어머니는 괜찮다는 말로 우리를 다독이고는 침실로 들어갔고, 우리도 그 뒤를 따랐다. 괜찮냐고 묻는 아버지를 보자마자 어머니는 눈물 바람으로 하소연을 늘어놓았다.

"내가 애도 아니고 매번 이런 식으로 야단을 들으며 살아야 해?"

"여보, 미안해. 애들 있는데 울지 말고."

"엄마, 울지 마세요."

재이와 나는 어머니의 손을 한쪽씩 잡고 흔들었다.

"어머니가 얼마나 힘들게 사셨는지 당신도 잘 알잖아. 외할아버지가 징용으로 끌려가시고 어렸을 때부터 외할머니와 농사를 지으며 사셨어. 그러다 아버지를 만났는데 아버지는 자식 넷을 둔

채 일찍 돌아가셨고. 그 바람에 억척스럽게 변하신 거라고."

"알아요, 다 알아. 골백번도 더 들었어. 그런데 유독 나한테만 저러시잖아. 내가 미국 사람이라 차별하고 미워해서."

"그렇지 않아. 나나 애들한테도 수틀리면 그러시는 거 알면서."

아버지는 어머니의 등을 토닥거리면서 말했다.

"나는 부모님이 안 계셔서 친어머니처럼 대하려고 하는데, 저러실 땐 정말 서러워. 별것도 아닌 일로."

"마음고생 겪게 해서 정말 미안해. 그냥 나를 생각해서 조금만 참아줘."

우리 세 사람은 온 힘을 다해 엄마를 달랬고, 나는 엄마를 웃기기 위해 방귀 소리를 내며 장난을 쳤다. 이윽고 어두운 안색이 가시고 엄마의 얼굴에 여느 때처럼 환한 미소가 돌아왔다.

"그런데, 궁금한 게 있어요. 아빠는 엄마를 어떻게 만났어요?"

재이가 아빠에게 물었다.

"어라. 이제 제법 컸다고 그런 게 궁금한가 보군, 우리 재이가."

아버지는 흐뭇한 기색을 보였다.

"저도 알고 싶어요. 얘기해주세요."

나는 아버지 곁에 바싹 다가앉으며 졸랐다.

"큰누나가 먼저 미국에 정착하고 우리 가족을 초청해 이곳으로 오게 됐지. 방 한 칸짜리 아파트에 네 명이 살았단다. 학교 공부 따라가기도 벅찼지만, 나는 아르바이트를 하며 생활비를 보태야 했어. 한 시간을 걸어서 학교에 다녔지. 그날은 학교가 끝나고 나왔는데 비가 마구 쏟아지는 거야. 집에 텔레비전은커녕 라디오조차 없었으니 일기 예보를 들을 수 없었거든. 아르바이트 시간에 맞춰야 해서 어쩔 수 없이 그냥 비를 맞고 뛰는데 어떤 차가 빵빵거렸어."

그러자 어머니가 어깨를 으쓱하며 끼어들었다.

"그 차의 주인이 바로 나였단다. 비에 젖은 모습이 무척이나 가여워 보였거든. 내 성격상 그냥 지나칠 수가 없어서 타라고 했지. 영어가 서툰데도 아주 재미있게 말을 하더라고. 그 모습에 홀딱 반했어."

아버지는 약간 쑥스러운지 머리를 긁적이더니 말을 이었다.

"당시 누나가 생일 선물로 준 워크맨, 그러니까 휴대용 음악 플레이어가 있었는데 돈을 아끼고 아껴서 테이프를 샀어. 비틀스라는 자유분방한 그룹의 노래를 정말 좋아했거든. 그런데 조안의 차에서 그 노래가 흘러나오는 거야. 조안도 비틀스를 좋아한다고 하자 뛸 듯이 기뻤어. 영어를 잘하지 못해서 자신감도 없었고 친구도 제대로 사귀지 못하던 터라 의기소침해 있었는데 말이야."

아버지는 회상에 잠긴 듯 아련한 눈으로 어머니를 바라보았다.

"내가 당신을 구제해준 셈이지."

어머니가 기세등등하게 뽐내듯 말하자 아버지는 연신 고개를 끄덕이며 동의했다.

"그 말이 맞아. 나는 조안의 착한 심성에 반했어. 그 뒤로 낡아 빠진 중고차를 살 때까지 계속 차를 태워주고 과제도 도와줬지. 아, 운전도 하게 해줬고."

"엄마가 천사인 건 누구나 인정해요. 할머니 빼고는."

내가 나서서 말하자 아버지는 손을 저었다.

"아니야. 할머니도 다 아셔. 그냥 그러시는 거란다."

아버지는 할머니와 어머니의 관계를 중재하며 가족의 평화를 지키는 파수꾼의 역할을 충실히 수행했다. 물론 언제나 어머니가 참아야 한다는 결론은 변함없었지만, 그래도 아버지는 어머니의 기분을 풀어주기 위해 안간힘을 썼다.

"재현아, 종현아! 저기 하늘을 봐라. 독수리가 힘차게 날고 있는 거 보이지?"

"어디요?"

재이는 무엇을 하든 빠릿빠릿한 데다 방향감각이 뛰어나 금세 찾았지만, 동작이 굼뜬 나는 쉬 찾지 못했다. 아버지가 말하는 것을 찾지 못하고 이리저리 움직일 때면 아버지는 빙긋이 웃으며 집게손가락을 쭉 펴게 한 다음 하늘을 가리키거나 목말을 태워 내 키를 한층 높여주고는 함께 목표물을 찾았다. 그렇게 아버지의 어깨 위에 올라, 늠름한 기상을 드러내며 벅차게 하늘을 나는 독수리나 저물녘 무리를 지어 호박빛으로 물든 태양을 관통하며 유유히 지나가는 새떼들, 보호색으로 몸을 감추며 나뭇가지 위에 붙어 있는 도마뱀 따위를 발견할 때면 나는 어른들의 세계에 한발 다가 간 것 같아 뿌듯했고, 그들의 눈에 보이는 걸 본다는 사실에 설레었다.

아버지는 꽃과 나무, 새와 나비, 물고기와 수초에까지 눈길을 주었고, 그런 섬세함과 공학도의 명철함이 어우러져 사회생활도 성공적이었다. 그러나 나는 단지 아버지의 외모와 감상적인 면이 비슷할 뿐 사회성이나 두뇌 회전 능력 같은 것과는 거리가 있었다. 아버지를 닮아 머리가 좋고 민첩한 데다 음악에 천부적인 소질까지 타고난 재이의 발병 이후 우리 집은 음울한 기운에 잠겨 형체 없이 흔들거렸다.

"여보, 짐을 정리하고 이층에 세를 놓으면 어떨까?"

절망적이었던 의사의 말과 달리 재이는 증상이 더 나빠지지 않은 상태로 여전히 우리 곁에 머물고 있었다. 재이의 치료와 병구완으로 한 푼이 아쉬운 시기였기에, 세를 놓자는 어머니의 제안에 다들 좋은 의견이라며 동의하면서도 누구를 어떻게 들일지 궁금해했다.

"교회에서 만났는데 미용사래요. 영어도 잘 못하는 데다 운전도 못 해서 집을 구하기가 어렵다며 방을 얻어 지냈으면 하더라고요."

"하모, 같은 한국 사람끼리 도와야제."

할머니가 손뼉을 치며 나섰다.

"그래도 방값은 제대로 받아야 할 것 같아요, 어머니. 재이한테 들어가는 돈이 많으니까요."

"당연히 그래야지. 미용사면 우리 식구 머리 자르는 건 할인해 주겠지?"

오랜만에 들어보는 아버지의 들뜬 목소리였다.

새로운 인물의 등장은 우리 가족에게 모처럼 활기를 불러일으키고 이야깃거리를 만들어주었다. 그날로 정아라는 이름의 한국 여성은 우리 식구와 함께 지내게 되었다. 행정적인 절차를 비롯해 은행 계좌 개설, 운전면허증 준비, 슈퍼에서 장보기까지, 차가 없이는 꼼짝도 할 수 없는 너른 땅덩어리에서 아버지와 정아는 같이 다닐 이유가 충분했다.

그 무렵, 나는 몰래 숨어서 담배를 피우기 시작했다. 집에서 십 분 정도 걸어가면 철새가 머물다 가는 작은 늪이 있었다. 주택 단지를 구축할 때 건설사에서 조성했는데, 가끔 오리 가족이 도로까지 나들이를 나오는 바람에 차들이 멈춰서는 진풍경이 벌어지기도 했다. 늪에는 모기나 벌레 따위가 많아 새가 찾아오거나 고양이가 어슬렁거리기에는 적당했지만, 동네 사람들은 거의 찾지 않았기에 나는 그곳을 아지트 삼아 담배를 피우곤 했다. 그날도 여느 때와 다르지 않았다. 사위는 어둑했고, 바위에 걸터앉아 담배를 피우는데 한국말이 들려왔다.

"어휴, 여기는 너무 습해서 안 좋아. 좀 좋은 데 가자."

콧소리가 잔뜩 섞인 여자의 목소리에 이어 나직하고 다정다감한, 익숙한 목소리가 흘러나왔다.

"그래, 우리 정아가 원하는 건 뭐든 들어줘야지."

순간, 나는 호흡을 멈추었다. 정아와 아버지였다.

"자기도 참."

"날 잡아서 플로리다 바닷가에 갈까?"

"정말?"

이어서 그들이 내는 소리와 벌레 울음소리, 바람 소리가 한데 어우러져 만드는 불협화음에 나는 귀를 막은 채 조용히 그곳을 빠져나왔다. 이후 나는 입을 닫았고 내면에 단단히 덮개를 씌웠다.

가족들을 태우고 다니겠다며 밴을 고집했던 아버지가 천장이 열리는 컨버터블을 산 것은 아무래도 의외였다. 땅에 붙을 만큼 납작하고 늘씬하게 빠진 검은색 스포츠카를 타고 어머니와 함께 대륙을 누비는 게 소원이라고 아버지는 노래를 불렀지만, 그건 재이가 아프기 전의 일이었다.

"이번에 연봉 재협상을 했는데 왕창 올랐어. 정말 타보고 싶었던 스포츠카를 타려고. 밴은 당신이 타. 그리고 이층 세놓지 않아도 돼. 남하고 같이 지내려니까 불편해."

어머니는 낡은 포드 세단에서 큰 차로 갈아탄다는 사실에 흡족해했고, 스포츠카에 앉아 아버지와 드라이브를 즐길 수 있을 거라는 기대에 부풀었다. 그러나 어머니의 바람과 달리 아버지는 옆자리에 정아를 태운 다음 우주발사체와도 같은 속도로 중력권을 벗어났다. 끝내 연애에 전부를 걸어버린 아버지는 마른 덤불이 우거진 척박한 땅에 미련이 없어 보였다. 황량한 집을 떠나 오아시스를 만났는지, 여전히 헤매는지, 자세한 내막을 들여다볼 수는 없어도 겉으로 보기에 아버지의 새로운 삶은 평화로웠고, 좌절이나 방황은 끝낸 듯싶었다.

한국에서 온 젊은 여성을 집에 들인 것부터가 재앙의 시작이라는 것을 할머니와 어머니만 몰랐다. 나의 침묵이 이미 넘치는 불행에 또 다른 불행을 더하는 데 한몫했다는 죄책감이 잠시 들었으나, 내가 어떤 역할을 했더라도 두 사람은 그리되었을 것이었기에 자책을 멈추었다.

어머니의 절망과 분노는 극에 이르렀고, 잠시 저러다 돌아올 거라며 떵떵거리던 절대 권력자 할머니의 목소리는 시간이 지날수록 맥이 빠졌다. 어머니는 넋이 나간 눈빛으로 우두커니 침대에 앉아 있다가 벽에 머리를 쿵쿵 부딪히기도 했다. 그럴 때면 할머니는 어찌할 바를 몰라 숨을 죽이고 방에서 나오지 않았다. 그러다가 어느 순간 어머니는 정신을 차려야겠다며 자리를 털고 일어났는데, 여전히 제정신은 아니었다. 교회에 같이 다니는 한국 아주머니들이 삼삼오오 집으로 모여들었고, 뭔가 대책을 세우는 듯 목소리를 높였다. 어머니는 그들과 떼를 지어 정아의 집으로 쫓아가 소리를 지르거나 돌을 던지며 난동을 부렸다. 아버지와 정아가 슈퍼에서 장을 볼 때 물건을 집어 던지며 행패를 부리기도 했다. 그러나 돌아오는 건 한 번만 더 그런 식으로 행동하면 경찰에 신고하겠다는 아버지의 협박이었다. 거기에 더해 아버지는 생활비마저 끊겠다며 으름장을 놓았다.

목사님과 장로님, 한인회 임원들까지 나서서 아버지를 설득했지만 씨알도 먹히지 않았다. 아버지는 이미 새로운 사랑에 눈이 멀어 있었고, 정아는 아버지와 어머니가 일구어놓은 삶에서 어머니를 밀어내고 손쉽게 모든 것을 독차지했다. 잠시 귀를 막고 욕을 얻어먹으면 끝나는 일이었다. 그녀로서는 먹고살기 위해 힘들게 몸을 움직일 필요도 없이 능력 있는 남편과 멋진 집에 차까지 갖췄으니 시간적으로나 경제적으로 탁월한 선택을 한 것이었다. 이 모든 것을 정아는 미국에 온 지 일 년 남짓한 짧은 기간에 이루었다.

어머니는 아버지의 말대로 하면 돌아올 것이라고 믿으며 그 뒤부터는 조용히 지냈는데, 결국 아버지가 보내온 것은 이혼을 요구하는 서류였다. 기세등등했던 할머니는 슬금슬금 어머니의 눈치를 보며 집안일을 돌보면서도 우리 곁을 떠나지 않았다. 아버지가 떠난 마당에 할머니가 같이 살 이유는 없었지만, 할머니마저 떠난다면 견딜 수 없을 것 같았다.

"애비가 가리늦가 해까닥했네. 마귀가 씨서 그란다. 면목이 없다, 조안아."

풀이 죽은 할머니의 손을 잡으며 엄마는 단호한 투로 말했다.

"맞아요. 제정신으로는 그럴 수 없죠. 어머니는 우리와 같이 살아요."

"고맙다, 아가."

그렇지만 그마저도 오래가지는 않았다. 정아가 아기를 낳을 예정이었기에 산바라지해줄 사람이 필요하다며 아버지가 할머니를 모시고 간 것이다. 어머니는 절대 이혼할 수 없다며 버텼지만, 아버지가 다른 지역으로 집을 옮긴 후 연락을 일절 끊어버리고 생활비마저 보내지 않자 하는 수 없이 이혼에 동의했다. 아버지는 나와 재이를 데리고 살 의사가 전혀 없어 보였다. 새 여자와 새 가정을 꾸려 우리에게서 온전히 벗어나고 싶어했다. 양육비와 주택 융자, 자동차 등과 관련해 언쟁이 있었으나, 이혼이라는 대세에는 지장이 없었다.

부모의 이혼과 동시에 나는 지옥 같은 일상에서 벗어났지만, 곧 허전함이 몰려왔다. 날이 밝으면 쓸쓸한 옷을 입고 목구멍으로 쓸쓸한 음식을 넘기며 텅 빈 안팎을 쏘다니다 밤이 되어 이불에 몸을 넣으면 기다렸다는 듯 적요가 나를 껴안았다. 아픈 재이와 괴로운 어머니, 이도 저도 아닌 나, 그리고 고양이 한 마리만 덩그러니 남아 있는 집은 황량했고, 주말마다 친척들이 밀려드는 통에 정신이 없었던 기억도 어느덧 그리움으로 다가왔다. 형을 편애했던 할머니나 못 하는 게 없는 아버지가 자꾸 떠올랐고, 그들이 곧 방문을 열고 들어올 것만 같았다. 뒤뜰에 휘도는 바람과 바람의 움직임을 따라 달랑거리는 종소리, 바람에 떨어지는 작은 열매들만이 예전 모습을 그대로 간직하고 있었다.

할머니와 아버지도 이런 소리와 함께 우리 곁으로 되돌아오지 않을까 싶어 자꾸 바깥을 쳐다보았다. 할머니가 만들어주던 부침개와 아버지의 밴을 타고 낚시질하던 강변, 크고 작은 소란이 끊이지 않았던 날들. 이 모든 기억으로 인해 나는 한동안 몹시도 아팠지만, 나보다 더 아플 어머니를 위해 내색하지 않고 지냈다. 섬처럼 외따로이 시간이 흐르고 무덤처럼 가라앉은 집에 가끔 고양이 울음소리가 고요를 깨뜨렸다. 하늘은 푸르고 높이 뜬 태양이 열기를 내뿜는 애너빌의 날씨도 얼어붙은 내 심장을 녹이지는 못했다.

아버지와 어머니가 이혼한 후 재이와 나는 한 달에 한 번씩 아버지 집에 가서 지냈다. 나는 가기 싫다고 발버둥쳤지만, 어머니는 그것이 아버지의 의무이며 자신에게도 휴식이 필요하기에 가는 게 좋겠다고 했다. 나와 재이가 아버지 집을 방문할 무렵 할머니는 그 집에 계시지 않았다. 정아가 딸을 낳자 할머니가 산바라지를 했는데, 얼마 되지 않아 도저히 못 살겠다며 정아가 그 집에서 할머니를 쫓아내다시피 했기 때문이었다. 정아는 이어 근처에 주택을 장만하고 한국에 사는 자기 부모를 초청했다. 물론 아버지의 돈으로 산 것이었다. 할머니는 아버지와 삼촌, 고모들이 돈을 모아 마련해준 강변의 아파트에서 혼자 살았다.

우리가 방문하는 날이면 정아는 거의 집에 없었지만, 간혹 마주치는 적도 있었다. 아버지의 집에서 정아와 함께 있는 아버지를 만나는 것은 낯설고 곤혹스러웠다. 나는 아버지를 대하는 것이 마뜩잖고 아버지 역시 나와의 대면을 불편해했지만, 한 달에 한 번은 재이를 위해서라도 참아야 했다. 재이는 아버지와 만나는 시간을 좋아했다. 만면에 웃음이 가득하고 굳어진 손으로 반가움을 표시하는 재이를 아버지는 정성껏 돌봐주었다. 새로 가정을 꾸리고 사는 아버지는 우리와 살았던 시절과 비교하면 훨씬 활기 있고 젊어 보였다. 아버지는 자신을 위해 더 나은 선택을 했다. 그렇지만 나는 아무런 권한이 없었고 앞으로도 그럴 것이었다. 주도권이나 선택권 같은 호사는 내게 주어진 것이 아니었기에 나는 그것이 무엇이든 부모의 명령과 요구를 그저 묵묵히 따를 뿐이었다.

아버지의 외도와 그로 인한 이혼은 어머니의 삶을 통째 흔들었다. 어머니는 아버지가 바람을 피우더라도 돌아올 것이라고 믿었지만, 아버지의 사랑은 모퉁이를 도는 순간 흔적도 없이 사라져 영영 나타나지 않았다.

"집이 너무 어두워. 나는 이렇게 살고 싶지 않아. 새로운 삶을 살 거야."

어머니는 이것이 아버지의 마지막 말이었다며 두고두고 곱씹었다. 인간이 어떻게 그럴 수 있느냐고, 누가 만든 어둠이냐고, 어둠이 싫은 건 누구나 마찬가지라며 어머니는 아버지를 맹렬히 비난했다. 그러면서도 아이러니하게 아버지를 기다렸다.

"남자는 저 때가 사춘기보다 감정의 기복이 더 심하대. 다시 돌아올 거야. 정아가 아버지하고 열다섯 살이나 나이 차이가 나는데 어떻게 버텨."

어머니의 예상이나 바람과 달리 아버지와 정아는 화려한 결혼식을 올렸고, 두 딸을 키우며 행복한 삶을 영위하는 듯싶었다. 그러는 사이 시간은 홀로 저벅저벅 걸어갔고, 소문도 잦아들었다. 재혼 후에도 아버지는 몸값을 높이며 승승장구했고, 한인 사회를 떠나 미국 사회에 안착하면서 시의회에서 아시아 관련 정책 위원을 맡기도 했다.

그제야 어머니는 현실을 어느 정도 인식하는 것처럼 보였다. 아버지가 우리를 떠났다는 것을, 어머니가 버림받았다는 것을, 그리고 무엇보다 다시는 시간을 되돌릴 수 없다는 것을. 아버지가 집을 나간 이후 할머니마저 떠나자 우리는 좀 더 좁은 집으로 옮겼고, 더는 한국교회에 나가지 않았다. 시집살이에서 해방된 어머니는 식기세척기와 빨래 건조기를 사용하기 시작했고, 냉동 음식을 잔뜩 쟁여놓았다. 전기밥솥과 김치통, 삼겹살을 구워 먹던 불판은

모조리 창고로 들어갔다. 가끔 한국 음식이 그리울 때 한국 식당
에 가긴 했지만, 어머니는 집에서 한국 음식을 만들지 않았다. 주
말 아침부터 몰려드는 친척들을 위해 새벽부터 수선스럽게 밥에
국에 달걀말이, 생선구이, 나물, 전 등 한 상 가득 차려내던 어머니
에게 늦잠이 허락되는 주말이 찾아왔다.

어머니가 즐기던 느긋한 시간은 얼마 가지 않았다. 아버지의 대
타로 한국 남자 '강'을 만나면서 다시 분주하고 번거로운 일상으
로 복귀했기 때문이었다. 창고의 물건들은 다시 부엌으로 돌아와
제자리를 지켰고, 어머니는 냉동식품을 사지 않았으며, 강을 위
해 한국 음식을 요리했다. 강은 까다로운 사람이었다. 식성도 가
탈스럽고 유달리 깔끔한 스타일이었다. 특히 고양이 털을 못 견뎠
다. 게다가 그가 그린카드, 즉 미국 영주권을 얻기 위해 어머니를
이용하려 한다는 것은 누구나 알 법한 사실이었다. 불치병을 앓고
있는 사춘기 소년과 그 옆에서 인상을 긁고 있는 또 다른 사춘기
소년을 가족으로 받아들여 결혼한다는 것은 가당치도 않은 일이
었지만, 어머니는 그의 청혼을 진정으로 믿고 싶어했다. 나는 그
가 우리의 삶에 아무런 영향을 미치지 않을 것이며 조만간 떠날
것이라고 짐작했기에 그다지 신경을 쓰지 않았다. 예상대로 그린
카드를 받자마자 강은 떠나갔고, 그제야 어머니는 그럴 줄 알았다
며 애써 무덤덤하게 굴었다.

이후에도 한동안 어머니의 연애 취향은 여전히 한국 남자에 머

물렀다. 아버지를 연상하게 하는 키 작은 남자 '백'과 경상도 억양이 섞인 영어에 아재 개그를 하는 '민'이 있었다. 어머니의 한국 애인들은 오지랖 넓고 밝으며 유순한 어머니를 좋아했지만, 마지막에 그들은 변덕스럽고 예민하며 날씬하고 세련된 한국 여성을 선택했다. 백과 헤어진 뒤 다시 만난 민마저 떠나자 어머니는 자신의 통통한 몸이 그들이 떠난 이유라는 결론에 도달했고, 급기야다이어트를 시작했다. 하지만 그마저 번번이 실패로 돌아가자 체중 유지를 목표로 다이어트약을 처방받아 먹고 싶은 것을 실컷 먹으며 지냈다.

"어머니, 요새 누구 만나요?"

퇴근 후 잔뜩 꾸미고 나가는 어머니를 보며 물었다. 귀가 시간은 점점 늦어지고 있었다.

"티 나? 매슈라고, 나보다 열 살 어린 사람인데, 약국에서 일해."

"그럼 매슈는 약사예요?"

들뜬 기분에 물어보자 어머니는 고개를 저었다.

"약국 점원이야. 최저 시급보다 조금 더 받을걸."

나도 모르게 실망한 표정을 지었는지 어머니가 말을 덧붙였다.

"그렇지만 성실하고 나에게 진심이니까. 아, 참고로 한국 남자아니야. 앞으로 한국 남자는 안 만나려고."

매슈가 청혼하자 어머니는 예상했다는 듯 결혼에 앞서 약혼을 제안했고 매슈는 아쉬워하면서도 이를 받아들였다. 나는 그의 착한 성품을 알았기에 프러포즈를 거절한 어머니를 몰아붙였다.

"어머니, 도대체 뭐가 문제죠?"

"뭐가?"

어머니는 영문을 알 수 없다는 듯 눈을 껌벅거리며 물었다.

"매슈의 청혼을 그냥 받아들이면 되잖아요?"

"나는 받아들였어."

어머니는 덤덤한 톤으로 답했다.

"완전히는 아니죠. 약혼 따위는 아무런 효력이 없습니다. 재이가 위독할 때 구급차를 부르고 함께 병원에 간 사람도, 장례식에서 비탄에 잠긴 어머니와 나를 위로한 사람도, 잔디를 깎고 나무를 가꾸는 사람도 매슈 아닙니까? 어머니를 위해 귀찮고 사소한 일까지도 기꺼이 도맡아 하는 사람입니다."

나는 답답해서 주먹으로 벽이라도 치고 싶은 심정이었다.

"매슈는 나이도 한참 어리고 처음 결혼하는 건데 나중에 후회하면 어떻게 해. 그래서 신중하게 하려는 것뿐이야. 세 번이나 이혼할 수는 없잖아."

겨우 꺼낸 어머니의 이 말은 궁색한 변명처럼 들렸다.

"도대체 왜 망설이는 건데요? 아버지 때문인가요? 아버지는 절대 안 돌아옵니다. 제발 환상에서 좀 깨어나세요. 아버지는 어머니한테 티끌만큼의 미안함도 없습니다. 그런 아버지를 무슨 미련이 남아서 기다립니까?"

계속해서 닦달하자 어머니는 잠시 나를 쏘아보더니 곧 눈빛을 거두며 말했다.

"아니야. 재이의 열여덟 번째 생일파티에서, 윤경이 미안하다고 했어. 나를 배신한 것, 나와 너희들을 떠난 것, 재이를 돌보지 않은 것. 이 모든 것을 용서해달라고 했어."

"그렇다고 뭐가 달라지죠?"

"네 아버지는 내게서 도망친 이후 계속 피하기만 했을 뿐 정작 잘못을 빌지는 않았어. 물론 나는 이미 지난 일이고 용서했다고 너에게도 또 나 자신에게도 말했지만, 어느 한구석에 지워지지 않는 미움과 원망이 남아 있었지. 그런데 그날 무릎을 꿇고 울면서 비는 걸 보자, 응어리가 풀리는 것 같았어."

"그렇다고 아버지가 보상을 한 건 아니잖아요?"

"너는 도대체 왜 모든 것을 그렇게 삐딱하게만 보니?"

"어머니와 함께 일군 재산인데 아무런 혜택을 못 보고 고생하니까 답답해서 하는 말이죠."

"이미 끝난 일이야. 아버지한테 기댈 생각하지 말고, 하고 싶은 일을 찾아 뭐든 시작하면 좋겠어. 이런저런 잡일을 하며 평생을 살아갈 수는 없잖아. 제대로 된 직장을 구해야지."

상황이 달라지지 않았기에 어머니가 이런 식의 레퍼토리를 반복한다는 걸 알면서도 잠자코 있기가 힘들었다. 나는 야멸차게 쏘아붙였다.

"됐어요. 대화를 항상 돈벌이 어쩔 거냐는 식으로 끝내는 거, 지겹지도 않으세요?"

어머니는 여전히 아버지에게 집착하고 있었다. 할머니가 어머니와 함께 살고 싶다는 말을 꺼냈을 때 어머니는 진지하게 고민하기도 했다. 이혼한 남편의 친어머니와 전 며느리가 같이 산다는 것은 상식적으로 말이 되지 않는데도 그랬다. 이 사실을 알게 된 아버지와 고모들이 할머니에게 노망났느냐고 타박을 주면서 해프닝으로 끝나기는 했지만, 아마도 어머니는 그렇게 하면 아버지가 돌아올 거라고 믿는 것 같았다. 아버지의 사진, 아버지가 준 선물, 카드와 편지까지 어머니는 소중히 간직했다.

그런 어머니 곁에 머무는 매슈가 바보 같기만 했다. 여태 살면서 매슈 같은 사람은 본 적이 없었다. 절대 화를 내는 법이 없었고 마치 사랑에 일생을 바치기로 한 사람처럼 어머니를 향한 애정과 정성이 넘쳐났다. 난민촌이나 오지에 가야 만날 법한 희생의 아이콘이 바로 매슈였다. 물론 그에게도 단점은 있었다. 마음이 약하고 거절을 못 하는 스타일이라 종종 이용당하곤 했다. 지인의 부탁으로 사놓고 쓰지 않는 물건들이 창고에 넘쳐났다. 텔레마케터의 전화를 끊지 못해 쩔쩔매다가 보험이나 인터넷에 가입했다 해지하기도 여러 번이었다. 함께 살자는 노부모의 요청에도 '노'라는 답을 못해 지금도 송아지만 한 개를 산책시키고 목욕시키는 건 물론이고 병원에 들락거리는 부모의 수발까지 도맡아 하고 있다.

하지만 매슈에게는 그 모든 것을 덮어버릴 수 있는 친절함과 상냥함이 있다.

　재이의 사망 십 주기 때 만난 아버지는 턱수염을 약간 기른 모습이었고, 잔주름이 확연히 늘어 있었다. 그날 오랜만에 모인 친가 사람들은 아버지의 집으로 향했다. 정아는 묘원에도 오지 않았고, 집에도 없었다. 하긴 마주해봤자 시끄러워질 게 뻔했으니 서로 안 보는 게 상책이기는 했다. 재이가 세상을 떠난 이후 나는 아버지의 집에 발길을 끊었다. 재이를 위해 억지로 아버지를 방문했던 그간의 책무에서 벗어나 홀가분한 느낌이었다. 규칙적으로 아버지를 만날 이유 따위는 없었다. 할머니 생신이나 명절에 친척들과 같이 보는 정도면 충분했다. 그날 아버지는 친척들을 위해 손수 커피를 내리고 음식을 챙겼다. 이복동생인 앤지와 엘라는 그런 아버지에게 몸을 비비대고 쉴 새 없이 종알거리며 곁에서 떨어지지 않았다. 무엇보다 부엌에서 자연스럽게 일하는 아버지를 보는 것이 낯설었다.

　우리와 같이 살 때 아버지는 부엌에 들어온 적이 없었다. 할머니가 싫어하기도 했지만, 아버지 자신도 그다지 좋아하지 않았다. 잔디를 깎거나 장작을 패는 것, 운전하고 차나 집안의 설비를 고치는 것 따위는 자기 일이라고 여겼어도, 가사는 여자의 영역이라며 손 하나 까딱하지 않았다. 어머니는 그런 아버지를 남자답다며 추켜세웠다. 나만 믿어. 아버지는 어머니에게 늘 그렇게 말했고, 그렇게 말하는 아버지를 믿으며 어머니는 무슨 일이든 참아냈다.

나는 이전과 달라진 아버지의 모습을 보며 이 변화가 좋은 일인지 아닌지 갈피를 잡지 못했다. 아버지가 진짜 미국 사람이 되어가는 과정일 수도 있었다. 아버지의 달라진 모습, 늙고 약해진 모습을 본 그날 나는 마음이 어수선했다. 도끼로 내리치거나 바늘로 찔러야만 아픈 것은 아니다. 때로는 포근한 양털 이불이, 막 봉우리를 틔우는 장미꽃이 폐부를 찌르기도 한다. 그렇다고 데면데면하던 아버지와 하루아침에 좋은 사이가 되는 기적은 일어나지 않을 것이다. 아버지의 어디가 그토록 매력적이었을까? 아버지의 외모는 그저 평범했으며, 마초 기질이 있었고, 유머 아닌 유머가 헛웃음을 나오게 했다. 그 모든 요소가 어머니와 정아에게는 매력적으로 보였을지도 모른다. 매력이라고는 눈곱만큼도 찾아볼 수 없는 나를 리사는 이유도 없이 헤헤거리는 남자애들과 달리 무겁고 어두워 보여서 좋다고 했으니까. 사랑에는 달리 공식이 없다.

나는 고교 졸업 파티에서 찍은 어머니와 아버지의 사진을 자른 다음 서로 다른 방향을 보도록 돌려놓고 각자 자신의 꽃을 바라보는 것처럼 그림을 덧입혔다. 오랜 시간 서로를 바라보던 두 사람이 이제는 다른 곳을 바라보며 남남으로 살아가고 있다는 걸 표현하고 싶었다. 그러나 무언가 허전해 보였기에 결국 두 사람의 등 뒤로 보일 듯 말 듯 가느다란 가로선을 그려넣고 말았다. 둘 사이에 이번 생의 인연을 완전히 끊어낼 수 없는 요소가 존재한다는 건 그 누구도 부인할 수 없는 사실이었다.

"나는 부모님이 결혼 이십 주년 기념으로 여행에서 찍었던 사진을 골랐어요. 그리고 각자의 등에 십자가를 그렸어요. 부모님은 종교가 없지만, 평생 무거운 짐을 진 채 힘들게 살고 계세요. 어렸을 때부터 이리저리 떠돌아다니며 영업일을 하던 아버지는 이십 대 후반에 정수기 판매사원으로 정착하셨어요. 그 무렵 작은 회사에서 경리를 담당하던 어머니를 만나셨죠. 그런데 IMF라는 한파가 몰아닥쳤고, 아버지는 일거리가 없어졌어요. 어머니는 어린 나를 키우느라 회사를 그만둔 상태였기에 아버지는 공사 현장이든 어디든 가리지 않고 허드렛일을 도맡아 하셨어요. 그러다가 할머니가 시골집을 팔아 작은 국수 가게를 차려주셨죠. 부모님은 온종일 식당에서 붙어 있다보니 서로에게 짜증도 났대요. 일도 힘들고 까다로운 손님을 대하면서도 스트레스를 풀 곳이 없으니 그랬겠죠. 그런 짐은 고스란히 내게 전해졌어요. 교사라는 직업을 가지면 부모님의 고생을 덜어드릴 수 있을 거라는 생각에 죽을힘을 다해 공부했어요. 그렇지만 때로는 부모님의 기대가 부담스럽기도 했어요. 특히 십 대 때는 도망치고 싶은 적도 있었어요."

"비록 십자가를 지긴 했어도 수희 부모님은 여전히 행복해 보이시네요. 서로를 향한 깊은 애정과 신뢰가 느껴져요."

에바가 부러운 듯 말하자 수희는 애련한 눈빛이 되더니 금세 눈가가 촉촉해졌다.

"성실하고 정직하게 살아오신 분들이에요. 나는 부모님이 자랑스러워요. 지금 이 순간, 부모님이 너무 보고 싶어요."

수희의 얼굴은 온통 그리움으로 일렁거렸다.

"나는 수희와 존, 둘 다 부럽기만 해요. 아버지를 한 번도 만난 적이 없거든요."

에바는 어머니의 사진에 잔 다르크를 연상시키는 갑옷과 창, 투구를 씌워놓았는데, 자세히 보니 아래에 긴 그림자가 드리워져 있었다. 에바가 그림을 보여주며 이야기를 시작했다.

"나를 가졌을 때 엄마와 아빠는 스무 살이었는데 두 사람은 용기를 내어 나를 낳기로 했대요. 그런데 내 손가락을 보자마자 아빠가 혼비백산하며 도망갔다고 해요. 엄마 역시 놀라서 혼절했지만, 아빠와 달리 깨어나서 바로 손가락 수술을 요청했고, 외할머니와 함께 끝까지 나를 지켰죠. 엄마는 아버지의 역할까지 하며 나를 키웠어요. 하지만 엄마와 달리 나는 무엇을 해야 할지도 몰랐어요."

에바의 그림에 몸을 바싹 붙인 채 살피던 헤이즈 교수가 에바에게 물었다.

"에바는 이 그림에서 무언가를 더 표현하고 싶었던 것 같습니다. 그럼 아버지에 관해 전혀 모르는 겁니까?"

에바는 시선을 발끝으로 떨어뜨리며 머뭇거리다가 결심한 듯 이야기를 계속했다.

"돌아가실 것을 예감하셨는지 외할머니가 엄마의 졸업 앨범을 보여주시며 아버지의 이름과 얼굴을 알려주셨어요. 리처드 위틀. 이후로 그 이름을 밤마다 되풀이해 불러봤어요. 그가 어디엔가 살아 있고 언젠가 나를 만나러 오리라 믿으며 기다렸죠. 그러던 어느 날 페이스북 친구 추천에 리처드 위틀이라는 이름이 떴어요. 두근거리는 가슴을 가까스로 누르며 그를 찾아보니 위싱턴 D.C.에 살고 있었어요. 갈라진 턱과 양쪽에 깊이 파인 볼우물은 한눈에 봐도 우리가 부녀 사이라는 걸 알게 해주었어요. 어렵사리 용기를 내어 그에게 메시지를 보냈습니다. 그런데 돌아온 답은 내 아버지가 아니라는 거였어요."

조마조마한 심정으로 듣다가 나도 모르게 낮은 한숨이 터져나왔다. 잠시 말을 멈춘 에바가 이야기를 계속했다.

"그 사람은 당시 엄마가 여러 명의 남자를 만났는데, 병원에 같이 가달라고 해서 갔을 뿐이라고 하더니 아예 소셜 미디어 계정을 닫아버렸어요. DNA 검사와 소송을 진행하면 시간이 걸리더라도 사실을 밝힐 수는 있겠죠. 하지만 에바 본드에서 에바 위틀이 된다 한들 위틀 씨가 나를 딸로 받아들이지 않으면 아무 의미가 없으니까, 그냥 거기서 멈췄어요."

허탈한 웃음을 지으며 이야기를 마무리하는 에바의 눈을 똑바로 볼 수 없었다. 나 역시 아버지가 모두를 배신했다는 괴로움으로 힘들었기에, 한 줄기 기대가 와르르 무너지고 친부가 자신을 유기했다는 사실을 받아들여야 하는 현실이 에바에게 어떻게 다가왔을지 조금은 헤아릴 수 있었다.

조용히 에바의 이야기를 듣던 헤이즈 교수가 입을 열었다.

"우리가 어떻게 할 수 없는 상황 앞에서는 자책하는 대신 객관적으로 바라보는 훈련이 필요합니다. 현실을 파악하고 인지한 후 수용하는 자세를 갖는 겁니다. 그래야 몸도 마음도 아프지 않고 건강하게 살아갈 수 있습니다. 친아버지일지도 모른다는 희망으로 위틀 씨에게 연락을 보낸 에바가 자신을 원망하고 또다시 버려졌다는 절망에 빠진다면, 그건 영혼을 할퀴어 생채기를 내는 겁니다. 그가 에바의 친아버지가 아닐 수도 있고, 친아버지가 맞지만 어떤 상황, 예를 들어 현재의 아내와 자식들에게 공개하기 어렵다거나 하는 따위의 곤란이 따르니 회피하고 부정하는 것일 수도 있어요. 그렇다고 해도 그 사람은 무책임하고 이기적이죠. 괴로워해야 할 사람은 에바가 아니라 위틀 씨입니다. 이 사실을 인지하고 에바가 한 발 앞으로 나아가면 좋겠습니다."

한 발 더 내딛는 건 여전히 어려운 일이었다. 나는 모두에게서, 그리고 모든 것으로부터 버림받았고, 그 자리에 가만히 있었고, 침묵했고, 슬픔의 힘으로 버텼다. 너무 많은 나를 가두었고, 북적거리는 내면이 내는 소리가 시끄러워 귀를 막은 채 미움과 원망을 탕진할 때까지 시간을 갉아먹으며 살고 있었다. 한 발 나아가려면 나를 응시해야 하는데, 아직은 도무지 자신이 없었다.

지나간 사랑의 흔적

"이 작품은 카미유 클로델이 조각한 '샤쿤탈라'입니다. 클로델은 '생각하는 사람'으로 잘 알려진 로댕의 제자이자 연인이었던 예술가입니다. 로댕과 부적절하고 광기 어린 사랑을 하며 스캔들을 일으켰던 그녀의 작품은 당시에는 크게 주목받지 못했습니다. 시대를 앞선 천재였지만, 로댕과 작품을 향한 열정은 그녀의 정신을 병들게 했습니다. 카미유의 격정이 내면의 광기를 끄집어냈고, 집착이 불안을 낳았던 겁니다. 그녀는 자신의 붉은 피를 섞어 흙을 빚고 만들다 부수기를 반복했죠. 그러다 결국 출구 없는 동굴과도 같은 정신병원에 입원하게 됩니다. 그때부터 카미유는 조각칼을 버리고 천 조각을 엮어 이불을 만들며 삼십 년간 침묵에 잠긴 채 생을 마감했습니다. 사후에 그녀의 작품이 재평가받고 예술 세계가 새롭게 조명됐죠. 샤쿤탈라도 그중 하나입니다."

헤이즈 교수의 말이 끝나자 에바가 찬탄을 금치 못하며 들뜬 목소리로 말했다.

"참 아름답네요. 전설 속 샤쿤탈라에 등장하는 저주, 비극, 기억이 카미유 클로델의 삶과 어우러져 예술로 승화한 것 같아요. 저 두 사람의 몸짓은 마치 영혼까지 송두리째 빨아들일 것처럼 보여요."

"그렇습니다. 오늘은 사랑의 기억을 떠올리며 작업을 진행합니다. 책상 위에 흙과 조각도가 놓여 있습니다. 여러분이 경험한 사랑, 그리고 바라는 사랑을 흙으로 표현해주세요. 작품이 완성되면 가져가서 말린 다음 가마에 구워 마지막 시간에 돌려드리겠습니다."

헤이즈 교수가 보여준 조각상 사진은 십수 년간 내 삶을 차지했던 리사와의 기억을 소환했다. 내 전부를 차지하고 피를 들끓게 하던, 머리부터 발꿈치까지 호흡하고 빨아들였던, 눈에서 뿜어나오는 수증기가 가슴을 에던, 그런 사랑을, 한 적이 있을까. 한때 그렇다고 믿었던 적이 있었지만, 지나고 나니 모든 것이 가상이었다는 느낌이 들었다. 그녀의 배신이 비수가 되어 꽂히던 그날을 다시는 떠올리고 싶지 않았기에 나는 망각을 선택했다.

재이가 아프기 전 우리 형제는 옆집에 사는 덤퍼 씨네 빌리와 늘 어울려 다녔다. 덤퍼 씨 부부는 백인인데 자녀의 피부색과 눈동자 색이 다 달랐다. 덤퍼 부인은 이번이 세 번째 결혼이었고 흑인이었던 첫 번째 남편과 멕시코 출신이었던 두 번째 남편 사이에서 세 명의 자녀를 두었다. 우리 또래였던 빌리만 덤퍼 씨의 친아들이었는데, 다들 덤퍼 씨를 아빠라고 불렀다.

"재이, 존!"

앞마당에서 농구를 하고 있는데 빌리가 불렀다.

"무슨 일이야?"

"저기 건너편에 새로 이사온대. 엄마, 아빠가 거기 일을 맡았거든."

덤퍼 씨 부부는 청소업체를 운영했는데 한 달에 한 번씩 우리 집에도 청소를 하러 왔다. 카펫 세척과 벽 청소까지 하고 나면 집이 번질번질해졌다.

"그래?"

"그런데 부인이 일본 사람이래."

"일본 사람?"

간혹 우리에게 중국인인지 일본인인지 물어보는 사람들이 있었다. 아버지는 우리가 중국인이나 일본인과 다른, 오랜 역사와 귀한 문화를 지닌 한국 사람이라는 것을 강조했다. 누가 그렇게 물어보면 반드시 아니라고, 한국 사람이라고 답하라고 가르쳤다.

그날 오후, 건너편 집 앞에 이삿짐 차가 도착했고, 잠시 후 자동차 한 대가 멈춰 서더니 백인 아저씨와 동양인 아줌마, 그리고 한 소녀가 내렸다. 짙은 갈색 머리를 길게 늘어뜨린 소녀는 분홍색 원피스에 하얀 레이스 양말과 검정 구두를 신고 있었다.

빌리가 먼저 길을 건넜고, 그 뒤를 재이와 내가 따라갔다.

"안녕, 나는 빌리야. 건너편에 살아."

"나는 재이라고 해. 얘는 내 동생 존이야."

"나는 리사야. 그리고 얘는 내 동생 루카."

리사는 옆에 있는 강아지를 가리켰다. 우리 셋은 그날 오후 내내 리사와 루카의 주변을 맴돌다 저녁때가 되어서야 집으로 돌아왔다.

"빌리네서 놀다 왔어?"

어머니의 물음에 재이와 나는 동시에 고개를 저으며 소리를 질렀다.

"아뇨!"

"아니, 왜들 이렇게 흥분해 있지? 무슨 일이야?"

어머니가 묻자 재이가 숨을 몰아쉬며 답했다.

"건너편에 이사왔는데요."

나도 질세라 재이가 이야기를 미처 끝맺기도 전에 서둘러 말을 가로챘다.

"리사래요. 우리랑 같은 나이래요."

"일본에서 살다 왔대요."

일본이라는 단어를 듣자마자 할머니가 버럭 소리를 질렀다.

"머라꼬? 일본?"

"네."

"야들이, 큰일 날라꼬. 택도 읎다."

"왜요?"

"왜놈들이 얼매나 나쁜 놈들인고 알모 느그도 상종 안 할 끼라."

할머니는 어렸을 때 나미코라는 이름으로 불렸다고 한다. 일제의 침략으로 이름과 말과 글을 빼앗기고 다들 숨죽여 살 때였다.

"왜정 때 그놈들이 우리 아버지를 일본으로 징용을 보냈제. 그당시 이모가 동생들 봐준다꼬 우리 집에 안 와 있었나. 그란데 그놈들이 우리 이모를 일본 보낸다 카더라. 한날은 일본 놈들이 마당으로 들어와가 우리 이모를 끌고 갈라 했제. 내가 어데서 그런 정신이 났는가 몰라도 퍼뜩 이모한테 안기믄서 오카상이라고 불렀다 아이가. 일본말로 엄마를 오카상이라고 안 카나. 그라이 순사가 엄만 줄 알고 이모를 씩 치다보드만 고마 가대."

그렇게 한숨 돌린 것도 잠시, 며칠 뒤 동네 이장과 함께 온 순사들이 기어이 이모를 데리고 갔다고 한다.

"그날 내가 집에 없었는 기라. 동무들하고 마실 간다꼬. 내가 있었으모 이모가 안 잽히갔을 긴데."

할머니는 한바탕 울음을 쏟았다.

"정신댄가 거 끌리가믄 싹 다 죽는다 카대. 우리 이모도 왜놈들한테 몹쓸 일 당하고 죽었을 끼라. 그 뒤로 아무 소식도 못 들었제."

할머니의 말을 전부 이해하기는 어려웠지만, 일본이 한국에 했던 나쁜 짓 때문에 할머니가 일본 사람을 미워한다는 것은 알 수 있었다. 그리고 이모가 일본으로 잡혀간 것이 자기 잘못이라며 자책하는 할머니의 심정도 어렴풋이 느낄 수 있었다. 겨우 예닐곱 살 된 어린아이가 당시 상황을 이해할 리는 만무했다. 아마도 누군가가 할머니에게 죄의식을 심어주었을 것이다. 그것이 어쩌면 할머니의 어머니나 외할머니였을 수도 있다. 영순이 니가 마실 가가 이모가 잽히갔다 아이가. 그런 반복된 한탄과 후회가 할머니의 뇌리에 깊이 뿌리박힌 거겠지.

할머니는 퇴근하는 아버지를 붙들고 건너편 집과 왕래해서는 안 된다며 말을 꺼냈다.

"어머니, 이제 시간이 꽤 지났고, 그렇게 나쁜 짓 했던 사람들도 죄다 벌 받았어요. 저 사람들은 아무런 잘못이 없어요."

"어데. 내 눈깔에 흙 드가기 전까지는 왜놈들하고 상종하는 그 꼬라지 몬 본다이."

할머니는 결연한 기색이었다.

"어머니, 여기는 미국이고 저 사람들은 미국 사람입니다."

아버지가 답답하다는 듯, 그러나 여전히 부드러운 말투로 천천히 할머니를 달랬다.

"미국 산다꼬 미국 놈 되나. 그라모 우리도 미국 사람이가?"

잠시 할 말을 잃어버린 아버지가 우리에게 한쪽 눈을 찡긋했다.

"네, 어머니 말씀이 맞습니다. 그래도 저 아이는 상관이 없으니 애들끼리 밖에서 같이 노는 건 괜찮지 않을까요? 대신 저희는 저 집하고 왕래하지 않겠습니다."

할머니는 마지못해 노여움을 푸셨고, 우리는 할머니 앞에서 더는 리사에 관한 이야기를 꺼내지 않았다. 까닥하면 예쁜 친구와 놀 수 없게 될지도 모르니 조심해야 했다. 그날 밤 재이와 나는 리사 이야기를 하다 잠들었다.

"재이, 존, 태권도 배워볼래?"

출근길에 학교에 데려다주던 아버지가 뒤를 돌아보며 물었다.

"태권도가 뭐예요?"

"한국의 전통 무술이야. 힘차게 기합을 넣으면서 운동하고 정신도 닦을 수 있지. 이곳에 얼마 전 태권도 학원이 생겼는데, 아이들도 배울 수 있다고 하는구나."

"예이! 좋아요."

우리는 신이 나서 소리를 질렀다.

그날부터 재이와 나는 태권도 학원에 갔다 오면 도복을 벗지 않고 동네를 활보하며 다녔다. 등 뒤에 '태권'이라고 적힌 하얀 도복을 입으면 어떤 적이 나타나도 무찌를 수 있다는 자신감이 불끈 솟아났다. 어린 우리가 태권도장에서 배우는 것이라고 해봤자 스트레칭과 기합 넣는 것, 인사하는 것 정도였지만 우리의 자부심은 대단했다.

"종현아, 우리 도복 입고 리사 집에 가볼래?"

재이가 허리춤의 흰 띠를 만지작거리다가 말문을 열었다.

"거기는 왜?"

"리사한테 보여주려고."

수줍게 말하는 재이의 얼굴이 발그레 물들어 있었다.

"형, 리사 좋아하는구나."

나는 장난스럽게 말했다.

"응, 사실 좋아해. 근데 비밀이야. 할머니 아시면 난리 날 거야."

형은 자못 진지한 눈빛이었다.

"알았어."

조심스러워하는 형에게 나는 선심 쓰듯 말했다. 우리가 도복 차림으로 건너편 집에 들어섰을 때, 리사는 뒷마당에서 루카와 놀고 있었다.

"리사, 나 태권도 다녀. 이건 태권도 학원에서 입는 옷이야."

재이는 리사를 보자마자 도복부터 들이밀었다.

"그래? 정말 멋지네."

리사는 탄성을 지르며 우리를 번갈아 처다보았다.

"학교에서 까부는 애들 있으면 말해. 내가 처치해줄 테니까."

재이는 없던 허세까지 부리며 리사 앞에서 무게를 잡았다.

"리사, 우리는 레이크우드 초등학교에 다녀. 너는 어느 학교에
갈 거야?"

"나는 사립학교에 다닐 거야. 어제 등록하고 왔어. 너희들이랑
같은 학교에 다니면 좋을 텐데."

"그럼 우리랑 같이 태권도 배우러 다니자."

"아마 어려울걸. 발레하고 스케이트 학원 등록했거든."

재이는 리사와 공통점을 찾지 못한 게 못내 서운한 듯했다.

"재이, 다다음주에 내 생일인데 그날 올 수 있어? 친구가 없어
서 안 하려고 했는데, 엄마가 동네 친구들 불러서 파티해도 된다
고 하셨어. 너랑 존, 빌리, 이렇게 초대하려고. 올 수 있지?"

나를 처다보며 동의를 구하는 재이에게 나는 고개를 까딱했다.
생일파티에서 재이는 리사의 옆자리에 앉아 상기된 낯빛으로 그
아이를 바라보았다. 그날 이후 둘은 나를 꼽사리로 끼운 채 동네
를 돌아다녔고, 나는 형과 리사가 서로를 특별하게 여긴다는 걸
느낌으로 알았다.

"리사!"

재이가 쓰러진 이후 리사는 일주일에 한 번 시간을 정해놓고

소프트 케이크나 수프 같은 것을 갖고 재이를 찾아왔다.

"팥죽이야. 엄마가 만들어주셨어."

"고마워."

나는 바구니를 받아들며 말했다. 재이가 쓰러진 이후에도 리사와 그녀의 엄마는 한결같았다.

"재이, 리사 왔어."

그러나 재이는 언제부터인가 리사를 알아보지 못했다. 누구인지 의아해하는 재이에게 다가간 리사는 재이의 뒤틀린 손을 부여잡고 손등을 쓸어내렸다. 그 위로 리사의 눈물방울이 뚝뚝 떨어져도 재이는 아무런 반응이 없었다.

"리사, 내 방에서 음악 들을래?"

나는 가사가 없는 클래식을 들었다. 친구들은 귀청이 찢어질 정도로 시끄러운 음악을 들었지만, 나는 클래식이 좋았다. 취향이 고상해서가 아니라 누구의 말도, 그 어떤 단어도 떠올리고 싶지 않아서였다.

음악을 듣는 리사의 뺨에 눈물이 끊임없이 흘러내렸다. 어떻게 해야 할지 몰라 우물거리는데 리사가 내 쪽으로 몸을 기댔다. 그제야 나는 리사의 어깨를 살짝 감싸안았다.

"이제 어떻게 해야 할지 모르겠어. 나를 알아보지도 못하는 재이를 계속 보러 올 수는 없잖아."

"그럼 나를 보러 오면 되잖아. 나랑 같이 있어."

고개를 든 리사는 그렁그렁한 눈으로 나를 바라보았다.

"너는 저렇게 아프지 않을 거지?"

"절대. 약속할게. 누구도 더는 아프지 않을 거야."

그날 우리는 처음으로 입을 맞추었고, 동시에 커다란 비밀을 공유하는 사이가 되었다. 재이가 리사를 알아보지 못한다고 해서 리사가 내 여자 친구라고 떠벌리고 다닐 정도로 나는 모자라지 않았고, 리사 역시 그렇게 가벼운 아이가 아니었기에 우리는 비밀 연애를 시작했다. 나는 열한 살, 리사는 열두 살이 되던 해였고 재이의 병이 시작된 지 삼 년째 접어든 어느 가을날이었다.

만 열여섯 살이 되면서 내가 제일 먼저 한 일은 운전면허를 따는 것이었다. 내가 면허를 따자마자 어머니는 외박을 통보했다. 무슨 일이 있으면 언제든 연락하라는 전제를 단 것이었지만, 어머니는 나와 재이로부터 단 얼마 동안이라도 벗어나 자유를 누리고 싶어했다. 그런 날이면 리사는 나와 시간을 보냈고 우리는 서로의 외로움을 핥았다. 그날도 어머니를 대신해 재이의 잠자리를 봐주고 잠든 걸 확인한 다음 거실에서 텔레비전을 보는데 벨 소리가 났다. 리사였다. 문을 열자 그녀가 와락 품에 뛰어들었다. 얼떨결에 껴안자 곧바로 고개를 들며 리사가 말했다.

"존, 오늘 내가 뭘 갖고 왔는지 알아?"

리사는 가방에서 콘돔을 꺼내들었다. 그건 그녀가 준비되었다는 의미였으며, 내가 머릿속으로 수도 없이 그려보았던 그 장면을 실제로 경험하게 되었다는 의미이기도 했다. 나는 리사의 얼굴에서 가장 사랑스러운 콧등에 천천히 입을 맞추었다. 이어서 이마와 귓불, 그리고 입술에 나의 입술을 댔다. 리사의 탄성이 은은한 조명과 어우러지면서 오렌지 과즙처럼 터졌다.

그날, 서툴게, 우리는 깊은 곳까지 다다랐다. 불행의 한가운데 있으면서도 리사를 향한 간절함과 몸의 자연스러운 반응, 거기에 호기심이 뒤엉킨 첫 섹스는 오랜 기다림 끝의 출항처럼 설레었으며, 비로소 나는 낡은 껍질을 벗어던지고 단단한 등갑으로 무장한 붉은바다거북으로 거듭났다. 그렇게 우리는 순수하고 순결한 소년 소녀가 마치 세상에서 멀리 떨어진 곳에서 성인식을 행하듯이 소중한 경험을 나누었다. 그날부터 우리는 공식적으로 커플이 되었다. 더는 감출 이유가 없었다. 리사와 만나면서 그녀를 속인 건 딱 한 번, 윤지와의 만남뿐이었다.

재이의 장례식을 치르고 얼마 뒤 삼촌 결혼식에 참석하기 위해 난생처음 한국 땅을 밟았을 때, 나는 리사에게 느꼈던 것과는 또 다른 감정을 불러일으킨 조윤지, 그녀를 만났다. 캘리공항에서 출발해 디트로이트에서 직항으로 갈아타고 인천공항에 도착하기까지 열여덟 시간 정도 걸렸다. 재이와 함께 소원을 이루어주는 재단의 초대로 비행기를 탄 이래 두 번째 비행이었다. 열여덟 시간이면 도달하는 한국 땅을 밟기까지 무려 열여덟 해가 걸렸다는 사실이 믿기지 않았다. 옆자리에는 내 또래의 한국 학생들이 타고 있었는데, 같이 게임을 하고 음악을 들으며 금세 친구가 되었다. 유학생인 정우, 현민, 교포인 브라이언과 나는 한국에 도착하고부터 일주일 동안을 줄곧 같이 다녔다. 만 21세 미만이라 미국에서는 술을 마시기가 까다로웠는데, 한국에서는 술을 마시는 데 아무런 제약이 없었다. 위스키 대신 입에 착착 감기는 소주의 맛에 빠졌고, 삼겹살과 소맥의 환상적인 조합도 경험했다.

강남의 한 클럽에서 한창 신나게 술을 마시고 있는데, 종업원이 우리 테이블로 다가와 정우의 귀에 대고 뭐라 말하자 정우가 내게 물었다.

"대각선 방향에 앉아 있는 여자가 너한테 호감이 있대. 너는 어때?"

대각선을 힐끗 쳐다보니 자주색 블라우스를 입은 여성이 나를 향해 손을 들었다.

"한국에서는 남자가 먼저 데이트 신청을 한다고 들었는데."

그러자 브라이언이 집게손가락을 흔들며 말했다.

"그건 옛날 말이지. 너만 괜찮으면 합석하면 돼."

그렇게 즉석에서 만남이 이루어졌다. 그날, 자주색 블라우스에 긴 머리를 늘어뜨린 그녀의 입술을 핥았을 때 박하 향이 났다. 조윤지, 그녀는 모히토만 마신다고 했다. 정우와 브라이언이 알려준

대로 클럽 옆의 모텔에 가서 그녀를 안았다. 아니, 그녀가 나를 안고 이끌었다. 처음에는 모든 것이 비단결보다 고왔고, 호수보다 잔잔했고, 민달팽이보다 느렸지만, 어느 순간부터 사포보다 거칠어졌고, 소용돌이보다 격정적으로 휘몰아쳤고, 사자에게 쫓기는 영양보다 다급해졌다. 애너빌의 촌놈이었던 나는 한국의 수도 서울에서 흐릿한 어제를 씻어내려 안간힘을 쓰고 있었다.

리사를 속인다는 짐만 덜어낸다면, 구름 위를 걷는 것처럼 황홀한 날들이었다. 한국이라는 나라를 알게 되고, 그곳에서 최고의 성적 즐거움을 알게 해준 그녀, 윤지와의 만남. 언제 떠올려도 훅 달아올라 스스로 붉어지는 낯빛을 느낄 정도로 강렬한 순간을 그녀는 내게 안겨주었다. 게다가 윤지를 만나는 공간에서만큼은 재이를 떠올리지 않아도 되었다. 인천공항에서 윤지는 떠나는 내 목을 끌어안으며 속삭였다.

"이 주 동안 이십 년 치의 사랑을 했어, 우리는. 절대 잊지 마. 내 이름은 윤지야, 조윤지."

낮게 깔린 잔디처럼 부드러우면서도 거역하기 힘든 단호함이 담긴 그녀의 목소리가 내 귀를 타고 목구멍을 내려가더니 마침내 심장에 닿아 푸른 문신을 새겨넣었다. 검은 코트를 입은 그녀는 내가 사라질 때까지 미소를 지으며 손을 흔들었다. 영화의 마지막 장면처럼 느리게 흐르다가 잠시 멈추는 찰나, 윤지의 눈가에 잠시 하얀 눈송이가 머물렀다 녹았던 기억이 지금도 선명하다.

성적이 우수했던 리사는 의사가 되겠다며 이스턴 캐럴 대학 생물학과에 진학했다. 대학에 진학할 무렵 그녀의 부모는 버진주로 이사했고, 학교 앞에 아파트를 얻은 리사는 내게 같이 지내자고 했다. 나를 포함해서 우리가 연인관계라는 것을 아는 이들은 그녀가 비리비리한 내 곁을 곧 떠날 것으로 짐작했지만, 리사는 그러지 않았다. 그녀는 대학에 진학하지 않고 스테이크 하우스에서 일하기로 한 나의 결정을 존중해주었으며, 어떤 것도 섣불리 평가하지 않았다.

내가 군인이 되어 떠나게 되었을 때 리사는 긴 이별을 받아들였다.

"나는 네가 뭐든 해내리라고 믿어."

"리사, 이제 배를 타고 떠나면 한참 있어야 볼 수 있어."

"보고 싶어도 참을 수 있어. 우리는 오랜 시간을 함께했잖아. 그리고 어차피 공부에 전념하느라 정신없는걸. 드디어 너는 멋진 군인이 되었고, 나는 제복을 입은 네 모습이 자랑스러워."

리사의 그윽한 눈을 바라보며, 나는 우리가 오랜 시간 쌓아온 믿음과 위안을 떠올렸다. 배에서 생활하는 동안 리사의 사랑스러운 눈길은 어딜 가나 나를 따라다녔다. 한정된 공간에서 자위로 성욕을 참는 것이 혈기 왕성한 군인들에게 쉬운 일은 아니었다. 배가 육지에 닿을 때마다 동료들은 우르르 몰려 나가 먹고 싶은 음식을 먹어치우듯 성욕을 채웠지만, 나는 리사에게 편지를 쓰고 전화를 걸며 그리움을 견뎠다. 리사가 실망하거나 아파하지 않도록 하고 윤지와 보낸 시간에 예의를 다하기 위해서 기억의 집을 지켜야 했고, 그러려면 동료들처럼 가벼워서는 안 되었다.

존, 너무 보고 싶어서 참을 수가 없어. 당장 내 곁에 오지 않으면 떠날 거야.

리사의 메시지는 간단했지만, 나는 그걸 부여잡고 싶었다. 밤마다 악몽에 시달렸고 수시로 갈증이 났다. 하루라도 빨리 군대를 떠나고 싶었지만, 떠난다 한들 딱히 할 수 있는 일도 없었기에 시간이 흐르기만을 기다리며 멈춰 있었다. 고등학교 졸업이 최종 학력이고 군 경력 삼 년이 전부인 내가 좋은 직장을 얻으리라고 기대하는 것 자체가 무리였다. 군대에서 경력을 더 쌓으며 시간을 보내야 했지만, 그러는 사이 불면증과 알코올 의존증은 점점 심해져 더는 군대라는 조직에서 버티기 힘든 지경에 이르렀다. 돌아오라는 리사의 말은 구원의 밧줄과도 같았다. 마침내 배에서 내리겠다고 작정하자 모든 짐에서 약간은 벗어나 잠시나마 홀가분해지는 듯했다.

캘리에 도착했을 때 사위는 이미 어두워져 있었다. 공항에서 내려 우버를 부를 때 잠시 목적지를 어머니 집으로 할지 리사 집으로 할지 망설이다가 리사의 집 주소를 찍었다. 밖에서 올려다보니 거실의 불이 꺼져 있었다. 그녀를 보고 싶어 서둘러 계단을 올라 문 앞에 깔린 두꺼운 매트를 들추었다. 늘 그랬던 것처럼 그 자리에 열쇠가 있었다.

　문을 열고 거실과 욕실을 지나 리사의 방으로 향하던 중 "어떤 새끼야?" 하는 날카로운 남자의 외침이 들렸다. 이어 그 목소리는 험하고 거친 욕을 퍼부어대기 시작했다. 인정하고 싶지 않았지만, 무언가 심상치 않은 일이 벌어지고 있는 걸 깨달은 나는 큰 소리로 리사를 불렀다.

　"리사, 나야, 존."

　그러자 괜찮다고 말하는 리사의 목소리가 들려왔다.

　"존, 어쩐 일이야? 아직 한 달 더 남았는데 벌써 온 거야?"

　가운을 대충 걸치고 나온 리사가 당황한 낯빛으로 내게 물었다.

　"네가 원하는 대로 모조리 그만두고 왔어. 그런데 이게 도대체 무슨 일인지 나한테 설명 좀 해줄래?"

　"지금은 늦었으니까 내일 이야기하자. 나 내일 새벽에 나가야 해."

　"리사!"

　나는 흥분해서 목소리를 높였다.

　"뭐야?"

　안에서 남자의 목소리가 다시 들려오자 나는 "닥쳐"라고 소리쳤다.

　"존, 잠깐만 진정해. 짐작하는 그런 것 아니야."

　잠에 취한 얼굴을 흔들며 리사가 나를 달래려고 했다.

"그새 애인이 생긴 거야? 아니면 원 나이트 스탠드?"

리사를 다그치자 문제의 그 자식이 부스럭거리며 걸어나오더니 악을 쓰며 말했다.

"당신 예의도 몰라? 한밤중에 처들어와서 웬 소란이야?"

그 인간은 당당했다.

"야! 여긴 리사와 내가 사는 집이야! 너야말로 남의 집에서 뭐하는 짓이야?"

나는 화가 머리끝까지 차올라 면상을 몇 대 갈기고 싶었다.

"허, 기가 차서 말이 안 나오는군. 여기는 리사 집이야. 넌 그동안 얹혀살았던 거고. 기억 안 나는 모양이지?"

정곡을 찌르는 그의 말에 리사를 쳐다보자 그녀는 묵묵히 고개를 숙였다. 내가 잠시 말을 잇지 못하는 틈을 노려 그 자식은 속사포같이 다음 말을 내뱉었다.

"나는 렌트비 나눠 내며 살아. 너처럼 거지같이 들러붙어 있지 않고. 그러니까 입 닥치고 당장 꺼져!"

리사는 그 자식의 입을 막으며 방 안으로 떠밀었고, 나는 기가 차서 할 말을 잃었다.

"존, 나가서 이야기해."

리사가 내 등을 밀며 말했다.

"할 말이 있기는 해? 저 자식 아주 총이라도 쏠 기세군."

나는 날카롭게 그녀를 쏘아보았다. 리사는 평정을 되찾은 듯 내 손을 잡으며 문밖으로 나가자고 했다. 더 있어봤자 더 실망하고, 더 험한 꼴을 볼 것이 뻔했기에 나는 그 손을 밀쳐 내고 혼자 나와버렸다. 나는 그러니까 애초에 우버의 목적지를 어머니의 집으로 찍었어야 했다. 리사는 평소처럼 열쇠를 매트 아래에 두지 말아야 했다. 리사는 그 남자를 집에 들이지 말아야 했다. 리사는 내게 돌아오라는 메시지를 보내지 말아야 했다.

어머니 집에 도착해 현관문을 열고 거실에 불을 켜도 어머니는 잠에서 깨어나지 않았다. 애초부터 리사의 가슴속에 내가 차지할 자리가 없었던 것은 아닐까. 리사의 흐느낌과 마른 어깨, 젖은 목소리, 그리고 흔들리는 긴 머리카락. 아픈 형보다 더 아파 보이는 리사를 보며, 어린 나는 리사를 지키고 싶었다. 그러기 위해서는 리사를 울게 두어서는 안 되었으며, 더욱이 나 자신이 절대 약해져서도 안 되었다. 그래, 내가 멀리 떠나가 있던 동안 리사는 새로운 위안이 필요했을 테지. 리사를 향한 내 감정은 허세였을지도 모르고.

차고로 가서 도요타 픽업에 앉았다. 지난해 리사와 같이 고른 것이었다. 당시 우리는 미래를 약속했고, 군대에서 삼 년 정도 더 근무한 뒤에 애너빌에 집을 사자는 말도 오갔다. 그러나 첫사랑은 실망과 패배감만 가득 안겨준 채 끝나버렸다. 차를 몰고 곧장 말린의 바에 가서 위스키와 맥주를 시켰다. 에바는 비번인지 보이지 않았고, 지나가 술을 내주었다. 맥주에 위스키를 탄 다음 손바닥으로 윗부분을 막고는 한 바퀴 휘돌리니 보기 좋게 회오리가 일었다. 막혔던 가슴이 조금은 내려가는 것 같았다.

"존, 괜찮아? 우울해 보이는데."

"별일 아냐. 여자 친구하고 헤어졌어."

"이런! 위로주 한잔 만들어줄까?"

지나는 테킬라 선라이즈를 만들어줬다. 은은한 노을빛이 퍼지자, 테킬라 맛과 오렌지 향이 아우러지면서 각자 고유의 성질을 절반은 잃고 절반은 간직한 채 혀를 적시고 목으로 넘어갔다. 발동이 걸린 나는 연거푸 두 잔을 더 마셨다. 취할 정도는 아니었지만, 기분이 좋아지고 연애 따위는 별것 아니라는 생각이 들 때쯤 주춤거리며 일어섰다.

재수가 없었던 것인지, 술잔을 제대로 세지 못했던 것인지, 마주 오던 차를 피하다가 가드레일을 들이받았다. 고개를 들자 환청처럼 사이렌 소리가 들렸고, 어디선가 나타난 경찰이 면허증 제시를 요구하더니 이어 차에서 내리라고 했다.

"선생님, 지금부터 제가 말하는 대로 움직이면 됩니다. 우선 앞으로 열 발자국 걸은 다음 열한 번째에 뒤로 도십시오."

나는 경찰이 시키는 대로 고분고분 따랐다.

"네, 좋습니다. 그럼, 이번에는 양쪽으로 팔을 벌리고 왼쪽 발을 오른 무릎에 붙인 다음 한쪽 다리로만 서 보세요."

경찰의 지시는 이해되었는데 이상하게 몸이 말을 듣지 않았다.

자꾸만 앞쪽으로 몸이 쏟아지며 넘어지려고 했다.

"네, 자세가 잘 안되더라도 괜찮습니다."

경찰은 나를 안심시키려는 듯 친절한 말투로 대했다.

그러면서 알파벳을 외워라, 얼굴에서 코를 짚어라 하며 시답잖은 요구를 해댔다. 그러더니 마지막에 가서는 술 냄새가 심하게 난다며 음주측정기를 들이댔다. 결과는 벌금형에 일 년간 면허정지였다. 차 없이 무엇을 할 수 있을까? 안 그래도 할 수 있는 것도, 딱히 하고 싶은 것도 없었지만, 막상 손쓸 수 없이 제한이 걸리고 나니 무언가 할 일이 있었던 것 같기도 했다.

리사와의 사랑이 끝나면서 면허증도 사라졌다. 차가 없으면 담배 한 갑도 사러 갈 수 없는 애너빌에서 나의 삶은 더욱 답답하고 고달파졌다.

나는 지나간 사랑의 흔적들을 떠올리며 따라오는 아픈 기억을 떨쳐버리려고 세차게 머리를 흔들었다. 흙덩어리를 떼어 손바닥으로 밀고 굴리며 모양을 빚었다. 딱히 무얼 만들겠다고 의도하지는 않았지만, 계속 굴리면서 쌓다보니 탑 비슷한 모양이 만들어졌다. 내 이야기를 들은 수희는 사랑이란 끝나는 것이 아니라고 말해주었다.

"기억이 살아 있는 한 사랑은 남아 있어요. 시간이 지나면 좋지 않았던 일마저도 미화되어 지난 시간을 장식하는 법이죠. 우리가 꽃을 떠올리면 시들어 쓰레기통에 버려진 모습이 아니라 부케 다 발이나 산과 들, 정원에 수줍게 꽃망울을 맺거나 화사하게 피어난 장면이 생각나잖아요. 아직은 증오와 원망, 후회가 너무 커서 보이지 않지만, 시간이 더 흐르면 사랑했던 기억이 아스라이 떠오를 거예요."

리사와의 일도 그렇게 될 수 있을까. 폐부를 찌르는 가시가 무뎌지고, 마르고 눌린 압화처럼 은은한 과거로 떠올릴 날이 과연 오기는 할까.

테이블 위에 놓인 수희의 작품은 구멍이 뚫린 두 개의 원형 바퀴 위에 사람을 단순화한 형상이 앞뒤로 있었는데, 뒷사람이 앞사람의 허리를 끌어안은 것처럼 보였다.

"나도 존과 마찬가지로 아주 어렸을 때부터 동네에서 함께 자란 친구가 있었어요. 제일 친하고 서로를 잘 아는 친구였는데, 누가 먼저 어떻게 말을 꺼냈는지 기억은 나지 않지만, 어느 날부터 연인이 되었죠. 그는 자전거를 좋아했어요. 자전거 뒤에 태워주기도 했고 자전거를 가르쳐주기도 했어요. 사실 부모님이 바쁘셔서 자전거를 배울 시간 같은 건 없었거든요. 바람을 가르며 달리면 세상이 온통 내 것 같았죠. 그와는 모든 게 처음이었어요. 그와 나, 상우. 이렇게 셋이서 자주 어울렸어요. 하지만, 동생의 사고 이후 그 사람을 만날 수가 없었어요. 나만큼 슬플 텐데도 나를 위로하는 그를 보면 상우가 떠올라 더 견디기 힘들었어요. 이상하게도

187

부모님을 보면 기운을 내야지 하다가도 그 사람만 보면 끝을 모르는 바닥으로 빠져드는 느낌이었어요. 결국 헤어지자고 했어요. 당신을 보면 자꾸 상우가 떠오르고 비애의 수렁에서 헤어나오기가 힘들다고 했죠. 그 사람은 헤어지면서 나보고 이기적이라고 했어요. 후회할 거라고도 했고요. 사고 이후 부모님은 가게를 그만두셨고 우리 가족은 은성을 떠나 아무런 연고도 없는 곳으로 이사를 했어요. 부모님도 같은 심정이셨던 거죠. 심지어 이웃이 건네는 위로마저도 우리에게는 무거운 짐처럼 느껴졌거든요."

"맞습니다. 가볍고 재미있는 사랑이란 없는 것 같습니다. 사랑이 너무 무거울 때 우리는 그만 내려놓고 싶어지죠. 진정한 사랑이란 그런 무게마저도 감당해야 할 텐데, 우리는 너무 나약하고 인내심이 부족한가 봅니다."

나는 누구보다 자신을 향해 이렇게 말했고 모두가 고개를 끄덕였다.

"에바는 코르사주를 만들었군요. 흙으로 빚은 코르사주라니. 상당히 로맨틱하네요."

헤이즈 교수의 말에 에바는 살며시 입가에 미소를 지었다.

"맞아요. 로맨틱했어요. 사실 나와는 어울리지 않는 말이긴 하지만, 한때 나도 순수하고 감성적이었고, 로맨스를 꿈꿨어요. 십대에는 누구나 그렇듯이 나는 자신이 형편없다고 생각했죠. 프롬 파티에서 파트너가 되어달라고 요청하는 사람이 한 명도 없을까 봐 전전긍긍하는데, 기적처럼 한 소년이 나타났어요. 공부도 잘하고 초롱초롱한 눈망울을 한 인도 출신의 로한이라는 아이였어요. 로한은 내가 있는 그대로 아름답다고 말해주었어요. 그가 건네준 보라색 아네모네, 분홍 장미와 하얀 칼라를 섞은 코르사주는 내가 선택한 보라색 드레스와 잘 어울렸어요. 그렇지만 외할아버지가 나타나고 손가락의 비밀을 알게 되면서 내 인생은 엉망이 되었고, 만남도 끝이 났어요. 로한은 방황하는 나를 도와주고 싶어했지만, 그 시절에는 누구도 싫었거든요. 하지만 그 이후 나는 사랑하는 사람을 만나지 못했어요. 사랑을 이야기하자면 그 아이 말고는 그 누구도 떠오르지 않아요. 내가 가장 순수했던 시절, 진정으로 좋아했던 사람으로 기억해두고 싶어요."

아련한 목소리로 말하는 에바를 보며 보라색 드레스를 입고 손목에 코르사주를 단 소녀의 모습을 떠올렸다. 내 앞에 있는 에바와 소녀 시절의 에바는 같은 사람이고, 갈구하는 바도 같을 텐데. 지금의 에바는 사랑을 놓친 안타까움과 외로움을 홀로 견디고 있다. 그러고 보니 지금껏 내 인생에서 이처럼 진지하게 사랑을 떠올려본 적은 없었던 듯했다. 리사와 헤어진 뒤에는 오다가다 만난 여자들과 섹스하며 허전함을 채우려 했을 뿐이었다. 내게도 가슴이 설레어 콩닥거리고, 촉촉한 그리움이 모세혈관을 따라 흐르고, 고운 휘파람 소리가, 살랑거리는 바람 소리가 귓가를 간질이던 시간이 있었으리라. 잘 익은 과일처럼 달콤하고 오선지를 뛰놀던 음표 같은 기쁨의 순간이. 다가오면 물러서고, 소홀하거나 부족한 면이 보이면 떠나고 싶어하던, 그런 순간들이.

지나간 그 모든 것이 사랑이었거나, 아니면 우리에게 진정한 사랑은 아직 오지 않았는지도 모른다. 조각난 감정을 이어 그리운 얼굴을 덮고, 타다 남은 재를 모아 발밑에 깐 다음 밝지도 어둡지도 않게, 무르지도 단단하지도 않게, 부드럽지도 거칠지도 않게 사랑하고 싶다. 샤쿤탈라처럼 영혼을 내어주는, 눈 맞춤만으로도 알 수 있는 그런 사랑을 다들 기다리는 것이겠지.

두려움을 재단하는 법

"우리 인간은 나약한 존재입니다. 그래서 살아가며 만나는 크고 작은 파도에 상처받고 아파합니다. 그러나 통증을 느끼는 정도는 사람에 따라 다릅니다. 그런 힘든 경험이 사람을 단단하게 만들기도 하지만, 어떤 이들은 그런 일이 또 닥칠까 봐 두려워하고 불안해합니다. 미래에 일어날지 모르는 부정적인 가능성에 무게를 두고 자신을 가두는 거죠. 벌을 받을까 봐, 사고를 당할까 봐, 병에 걸릴까 봐, 혹은 죽을까 봐 두려워하며 삽니다. 가슴이 두근거리고 잠을 이루기 힘들거나 악몽을 꾸는 증상이 반복되면 불면증, 불안장애, 공황장애와 같은 병이 생기기도 합니다. 이 시간에는 각자 내면에 자리한 두려움을 표현해보겠습니다. 자와 컴퍼스를 사용해 정사각형, 직사각형, 삼각형, 원과 같은 도형을 그린 다음 원하는 색으로 칠하면 됩니다. 도형과 색이 겹쳐도 되지만, 반드시 도구를 사용해서 모양에 맞추어 그려야 합니다.”

헤이즈 교수의 말을 들으며 나는 두려움의 숫자를 세는 습관을 떠올렸다. 어스름이 깔리면 기다렸다는 듯 두려움이 문을 두드렸다. 문을 열고 들어온 두려움은 강한 비트로 머리를 두들겼고, 나는 그 리듬에 길들어졌다. 사람들은 두려움을 쫓기 위해 무언가를 한다. 허겁지겁 연애를 시작하거나, 땀을 비 오듯 흘리며 뛰거나, 먼 데 사는 친척을 만나러 떠나거나, 아니면 여러 가지 구실을 붙여 파티를 열고, 정원을 가꾼다. 심지어 파프리카를 잔뜩 심어 열매가 많이 달리면 먹지도 않을 파프리카 피클을 만드는 사람도 있다. 하지만 나는 그들과 달리 두려움을 잊으려 하지 않았고, 정면으로 맞서지도 않았다. 아무것도 하지 않은 채 두려움을 기다리고 있으면, 잿빛 배경을 무대로 어디선가 흐늘거리는 형상이 하나둘씩 나타나고 기괴한 소리가 들렸다. 그러면 나는 두려움 하나, 두려움 둘, 두려움 셋…. 마치 불면의 밤에 양 떼를 세듯 끝도 없이 기어나오는 두려움에 번호를 붙였다.

아버지의 관심이 차와 낚시에 몰려 있었던 것과는 달리 삼촌은 서부와 총에 홀려 있었다. 카우보이 사진이나 총을 든 근육질

의 남자 배우가 등장하는 포스터로 도배질한 삼촌의 방은 남성미
가 물씬 풍겼지만, 정작 삼촌은 작은 키에 마른 체격의 소유자였
다. 그러나 삼촌은 운동 신경이 뛰어났고, 전 과목 성적은 언제나
에이 플러스였기에 학교에서는 괴물, 교회에서는 천재로 통했다.
내게 삼촌은 백과사전이었다. 신을 제외하고 세상만사의 이치를
가장 잘 알고 있는 존재는 바로 삼촌이었다. 달이나 별, 해에 관해
서도 할머니와 다르게 말해줄 수 있었다. 할머니의 이야기 속에는
토끼나 선녀, 바구니, 밧줄 같은 것이 등장했지만, 삼촌은 지구와
목성, 토성, 은하수를 그려주었다.

언제나 우리와 함께일 것 같던 삼촌은 마인 주립 대학의 경영
학과에 장학생으로 가면서 집을 떠났다. 떠나기 전날 삼촌은 내게
무언가를 주고 싶어했다.

"존, 떠나기 전에 내 물건을 정리하려고 하는데 갖고 싶은 것 있
으면 얘기해."

"정말? 그럼 나 이 총 가져도 돼?"

조립이 취미였던 삼촌은 총과 탱크, 군인과 같은 모형을 많이
갖고 있었다. 재이가 아프지 않았더라면 나눠 가져야 했을 물건이
었다.

"그래, 가져. 나는 진짜 총을 사려고 해."

"진짜 총?"

"응. 총이 우리를 보호해줄 수 있어."

삼촌은 결연한 모습으로 말했다.

"총은 사람들을 해치는 거 아냐?"

나는 의아해서 물었다.

"그러니까. 그럴 때 우리가 총으로 막을 수 있는 거지."

총은 경찰이나 군인이 적에 대항할 때나 사냥꾼이 짐승을 잡기 위해 사용한다고 믿었다. 신발은 유리 조각이나 뾰족한 것으로부터 발을 보호해주고, 우산은 비로부터 몸을 보호해주며, 집은 추위나 더위로부터 가족을 보호해준다. 총은 적이나 동물과 싸우는 데 필요한 것이니 삼촌처럼 공부하는 사람에게 필요할 이유는 없었다. 도대체 총이 무엇으로부터 우리를 보호해준다는 건지 이해할 수 없었지만, 나의 목적은 총의 모형을 얻는 것이었기에 질문을 멈추고 총을 집어들었다.

대학 기숙사로 떠난 삼촌은 집에 들르는 횟수가 점점 줄어들었고, 아버지가 정아에게 가버린 이후로는 얼굴을 거의 볼 수 없게 되었다. 그런 삼촌의 결혼식에 초대받았을 때 나의 기쁨은 이루 말할 수 없었다. 삼촌의 소중한 날에 나를 잊지 않고 초대해준 데다 생전 처음으로 한국 땅을 밟게 해준 것이 너무도 고마웠다. 그건 아버지나 어머니도 해주지 않았던 커다란 선물이었다. 변호사이자 회계사인 삼촌은 마인주의 벨빌에 숙모와 살기 위해 큰 집을 장만했다.

한국으로 가면서 나는 다니던 레스토랑을 그만두었다. 안 그래도 옮기려던 참이었다. 버진주에서 한국계 청년의 총기 사건이 일어나면서 주변 사람들로부터 질문 공세에 시달렸기 때문이었다. 나는 이민자도 아니고 총도 갖고 있지 않았기에 그 청년의 심리 상태를 전혀 이해할 수 없었으며, 혹여 이해한다고 하더라도 그것은 지극히 개인적인 견해에 불과했지만, 사람들은 마치 내가 그와 연관이 있고 나아가 한국계 미국인을 대표한다고 믿는 것 같았다. 그런 상황에서 삼촌의 초대는 반가움을 넘어 구원의 동아줄처럼 여겨졌다.

서울의 한 케이블 방송사에서 아나운서로 일한다는 모델 출신의 숙모는 삼촌보다 한 뼘은 더 키가 컸고 한국 드라마에 나오는 배우같이 예뻤다. 결혼식장에서 가지런한 이를 드러내며 이 세상 사람이 아닌 것 같은 미모를 뽐내는 숙모 곁에 선 삼촌은 최강의 능력자처럼 보였다. 신랑이 키가 작고 인물이 없다며 쑤군거리는 이야기도 들렸지만, 그건 삼촌을 잘 모르는 사람들의 질투와 시기에 불과했다. 삼촌처럼 잘나고 똑똑한 사람은 숙모를 아내로 맞을 자격이 충분했다.

삼촌의 결혼 생활은 그리 오래가지 않았다. 크고 한가로운 벨빌의 주택에 만족하지 않았던 숙모는 뉴욕으로 가기를 원했고, 급기야 짐을 챙겨 혼자 뉴욕으로 떠났다. 그렇게 떠난 그녀를 따라가고 싶었던 삼촌은 얼마간 시간이 흐른 후 뉴욕에 일자리를 구했다. 그 둘 사이에 어떤 일이 있었는지, 결혼의 조건이 무엇이었는지 자세히 밝혀지지 않았지만, 삼촌과 그녀가 바라던 바는 현저히 달랐던 것 같다. 오래지 않아 삼촌은 맨해튼의 한 호텔에서 총소리를 듣고 달려온 호텔 직원들에 의해 발견되었으나 곧바로 숨을 거두었다.

삼촌은 만취한 상태에서 자신을 향해 총을 쏘았고, 주머니에는 유서가 들어 있었다. 발견된 유서는 숙모에게 보내는 편지 형식으로 아주 길었는데, 내용을 간추리자면, 전 재산을 당신에게 주겠다, 잘해주지 못해 미안하다, 사랑한다, 행복하기를 바란다는 것이었다. 친척들은 하나같이 치를 떨면서도 가여워했다. 할머니는 저런 놈이 어찌 당신 속에서 나왔느냐 했지만, 혹여 지옥으로 떨어질까 봐 전전긍긍하며 끊임없이 기도문을 외웠다. 물론 숙모는 삼촌의 장례식에 참석하지 않고 돈만 달랑 챙겼다.

총이 우리를 보호해준다던 삼촌은 그 총으로 자신의 목숨을 거뒀다. 나는 삼촌에게 묻고 싶은 것이 많았다. 왜, 무엇 때문에 그런 선택을 했는지, 그 여자 때문이었는지, 아니면 삼촌 자신의 문제였는지. 십 년 넘게 한집에 살았던 가족이 삼촌에게는 아무런 의미도 없었는지. 그러나 한편으로는 그런 물음들의 답을 들을 수 없어서 다행이기도 했다.

재이와 삼촌의 죽음은 내게 충격이었지만, 적어도 심각한 후유증을 남기지는 않았다. 때로는 좋은 기억이 힘을 발휘했고, 슬픔을 이겨내도록 용기를 북돋아주었기 때문이었다. 그렇지만 전쟁 터도 아닌 삶의 터전에서 목격했던 이름 모를 이들의 무수한 죽음과 어쩌면 인사 정도는 나누었을 동료들의 죽음은 처절하게 나를 무너트렸다.

3월인데도 살을 에는 추위가 몰아닥쳤고, 세찬 바람에 눈발까지 날려 앞을 가늠하지 못하는 상황에서 코스모스호에 탄 미 해군부대는 '필리아' 작전에 투입되었다. 지진해일이 지나고 아수라장이 된 참사의 한복판에서 우리 부대원들은 누구를 먼저 구할지 선택해야 했다. 잘려나간 신체와 피범벅이 된, 살았는지 죽었는지 알 수 없는 사람들, 절규하는 자와 절규가 끝난 자들이 뒤얽힌 그 땅은 생지옥을 방불케 했다. 구조 인원은 부족했고, 우리는 각자의 기준에 따라 주어진 구조 활동을 한 다음 배로 복귀해 샤워를 마친 뒤 잠이 들었다.

물이 빠지면 여기저기서 시체들이 모습을 드러내었고, 그 사이사이 생의 변주를 울리는 듯 살아남은 물고기들이 펄떡이며 튀어올랐다. 마스크를 나눠주기는 했지만, 다들 받는 둥 마는 둥 했다. 눈 앞에 펼쳐진 처참한 피의 바다에서 자신의 안위를 생각할 여유 따위는 없었다. 강도 9의 엄청난 지진의 여파로 원전 건물까지 영향을 받았고 결국 수소 폭발이 일어나면서 방사성 물질이 누출되었다. 그러나 군 당국은 방사능 피폭으로부터 안전하다는 일본 정부의 발표를 믿으라고 했다. 나 같은 말단 군인이야 피폭이 뭔지도 몰랐고 알 필요도 없었다. 그저 상사로부터 명령이 떨어지면 그대로 수행할 뿐이었다. 의사 결정을 내리기 위해 고심하거나 계산하는 건 내 역할이 아니어서 그나마 다행이었다. 머리 쓰는 일을 좋아하지도 않는 데다 리더십도 없는 내게 군인이야말로 제격이었고, 마침내 적합한 직업을 찾았다고 여겼기에 그저 묵묵히 주어진 일을 했다.

그 상황에서도 나는 평정심을 유지하려고 애썼다. 나는 군인이고, 이것은 내가 해야 할 일이라고 끊임없이 되새김질했다. 아마 다들 그랬을 것이다. 심지어 지휘관들까지도 자신들이 무슨 일을 왜 하는지도 모른 채 명령을 따르고 명령을 내렸을 터였다. 우리는 그저 안전하다는 말을 믿었고, 필리아 작전을 충실히 수행해 미국과 일본의 관계 개선에 도움이 되어야 한다는 사명감으로 버텼다. 굳이 전쟁터에 나가지 않아도 나라에 이바지할 수 있다는 것은 군인이 되겠다는 결심을 했을 당시에는 알지 못했던 사실이었다. 나는 조국을 위해 일하는 장병들에게 정부가 거짓말을 할 수도 있다는 의심은 단 한 번도 해본 적이 없었다. 그런 의심 자체가 국가에 대한 배신이었다.

그런데, 충성스러운 군인들이 지금 죽어가고 있다. 페이스북에서 동료들의 죽음을 보았다. 직접 아는 사이는 아니었지만, 우리는 같은 배를 타고 바다 위에서 오염된 물로 커피를 끓여 마시고 음식을 해 먹었을 것이다. 이미 루크는 백혈병으로 세상을 떠났고, 하워드의 아들은 태어난 지 팔 개월 만에 뇌암으로 죽었으며, 케빈은 휠체어에 앉아 시위를 벌이고 있다. 그리고 나는 술을 마시다 잠이 들면 매번 해일이 쓸고 간 바닷가에서 사투를 벌이다 절규하는 악몽을 꾼다. 엄청난 죽음 앞에 무너진 이후부터 죽음의 얼굴들이 내 머릿속을 지배했고, 감정을 좌우했다.

"지금으로서는 어떤 의료 조치도 취할 수 없습니다. 혹시 어떠한 질병에 걸리더라도 정부에서 치료를 지원할 것이며, 그에 따른 적절한 보상을 할 것입니다. 귀하는 물론 자손들까지 영예로운 대우를 받게 될 것입니다."

잠재적 질병에 관해 군 당국은 보상을 보장하고 영예를 들먹이며 한결같은 답변을 내놓았다. 하긴 아무 일도 하지 않고 게임을 하거나 TV를 보며 죽을 때까지 허송세월하며 사는 것도 괜찮기는 하겠다. 그것도 자손들에게까지 이 삶이 이어진다니. 그런데 이런 상태로 결혼해 자식까지 갖는 게 가능한가? 지극히 객관적이고 이성적이며 계산적으로 사람을 평가하고 일을 처리하는 그들의 능력에 찬사를 보낼 따름이다. 자포자기한 심정으로, 나는 독주의 마지막 한 방울까지 탈탈 털어넣으며 비틀비틀 제자리걸음을 걸었다.

이런 느낌을 표현하기 위해 나는 기다란 직사각형과 원, 삼각형을 그린 다음 파란색과 흰색, 검은색 물감을 골라 칠했는데, 이상하게도 마무리할 무렵 물감의 색이 밝아지는 것 같았다. 여태 악몽의 지배를 받다가 이제는 스스로 통제하며 두려움을 내려다보는 느낌이라고 해야 하나. 아무튼 희미한 뭔가가 내 안에서 변화를 일으키고 있었다. 완성된 그림을 보며 헤이즈 교수가 말했다.

"존의 그림은 음지에서 양지로 전진하고 있어요. 두려움을 헤쳐나갈 방법이 무엇인지 본인이 알고 있는 것처럼 느껴지는군요."

"그렇습니까? 방법은 모르지만, 지금은 알고 싶기도 합니다. 이전까지는 전혀 관심이 없었거든요. 내가 기억하는 너무나 많은 죽음으로 인해 나의 밤은 늘 괴로움에 잠식당해 있습니다. 기억하고 싶지 않은데도 죽음의 장면들과 죽어가는 사람들로 머릿속이 꽉 찬 상태죠. 아무런 이유도 없이 죽어가는 사람들의 눈이 나를 빤히 쳐다봅니다. 재이는 원인과 병명을 알 수 없는 불치병에 걸려 하루하루 바보가 되어가면서 죽음에 다가갔습니다. 나는 그렇게 죽고 싶지 않았지만, 내 아이를 넘어 그 아이의 아이의 아이에게 오염된 유전자가 전달될지 모른다고 생각하면 무섭고 괴롭습니다. 재이가 불치병을 안고 돌아갔듯이 나 역시 오염된 몸으로 형에게 가는 건가 하는 두려움을 떨쳐버릴 수 없습니다."

"믿고 사랑했던 사람들이 떠나는 것을 목격했고, 더구나 충격적인 사건의 현장에서 있었는데도 어떻게 아무런 내색도 없이 그런 것들을 죄다 참고 견디죠?"

수희는 걱정으로 낯빛이 어두워졌다.

"글쎄요. 지금까지는 견딘다기보다는 숨만 쉬고 있었습니다. 살아지니까 사는 거였죠."

나는 자조적으로 한숨을 쉬듯 내뱉었다. 그러자 헤이즈 교수가 말을 이었다.

"어느 지점에서든, 어떤 식으로든 인간은 고통을 겪습니다. 물론 고통의 강도와 양, 지속 시간은 사람마다 다릅니다. 그리고 종국에는 죽음이 우리를 하나의 커다란 동아줄로 엮어버리겠죠. 슬픈 일이지만, 그렇다고 끝은 아닙니다. 삶의 의미는 매일매일 우리 자신에 의해 결정되니까요. 비극의 현장에서 존이 느꼈던 그 연민에 자신을 가두지 말고 모든 인간과 생명체를 향해 가슴을 열어보세요."

헤이즈 교수가 '연민'이라고 했을 때, 나는 그런 감정은 내게 어울리지 않는다고 생각해 질문을 던졌다.

"나는 그저 목격했을 뿐인데, 교수님께서는 그것 역시 연민이라고 보시는 겁니까?"

"목격한 것에 불과했다면 크게 괴로워할 이유도 없을 겁니다. 당신은 상대의 고통을 마치 자신의 것처럼 느끼고 있습니다. 지금까지도 말이죠. 그래서 힘든 겁니다. 게다가 존은 과거의 사건과 일어날지 모르는 미래의 불행에 사로잡혀 있어요. 사실 따지고 보면, 정도의 차이는 있겠지만, 인간은 누구나 몸에 필요없는 무언가가 들어 있거나 필요한 무언가가 과다하거나 혹은 부족한 상태로 살아갑니다. 영양소, 근육, 백혈구나 적혈구, 콜레스테롤, 당분, 심지어는 돌, 혹, 그리고 방사성 물질에 이르기까지 말입니다. 그러니까 인간의 힘으로 어떻게 할 수 없는 일에 지나치게 집착하지 않아야 합니다."

지금까지 너무 어두운 곳에서 지냈다. 무욕증 환자처럼 삶에서 비켜나 시간을 까먹으며 살아왔다. 그렇다고 해서 내 몸을 휩쓸고 간 흔적이 기적처럼 사라지지도, 반대로 갑작스레 병마가 덮치지도 않을 텐데 말이다. 누구나 시한부 인생을 살아가며, 다행히도 지금까지 나는 아무런 증상을 느끼지 않고 있다. 헤이즈 교수의 말처럼 지레 겁을 집어먹고 웅크릴 필요는 없을 것 같기도 했다.

에바의 그림은 삼각형부터 팔각형까지 밝거나 어두운 색으로 칠한 도형이 겹쳐 있었는데, 겹치는 부분은 모조리 흰색으로 칠해져 있었다.

"같이 어울려 다니던 친구들이 있었어요. 데이비드, 캐시, 레이철, 로버트, 그리고 나를 포함한 다섯 명은 클럽에서 술을 마시며 밤을 새우다가 마약을 하곤 했죠. 그중에서 레이철과 제일 친했어요. 서로 통하는 데가 있었거든요. 레이철은 예쁘고 화려하면서도 털털한 성격이어서 인기도 최고였는데, 이 년 전 약물 과다로 세상을 떠났어요. 레이철을 마약의 세계에 끌어들인 사람이 나였기에 그녀의 죽음에 책임을 느껴요. 모두 내 잘못이에요. 또다시 누군가를 불행의 늪에 빠트리지는 않을까 하는 두려움이 이는데도 여전히 벗어나지 못하고 있어요. 지금도 제일 두려운 건 또다시 유혹에 빠져드는 거예요. 겹치는 부분의 흰색은 그것을 의미해요. 친구의 죽음을 보며 마음을 다잡았어요. 죄다 내 탓이라고, 그러니 친구에게 속죄하는 심정으로 친구의 몫까지 열심히 살자고 다짐했죠. 그렇지만 늦은 밤, 일을 마치고 집으로 돌아오면 허전해져요. 그럴 때면 파티를 찾아가 환각에 빠지죠. 그만둬야겠다고 하면서도 헤어나오기가 어려워요. 약을 하지 않은 지가 반년쯤 되었어요. 그렇지만 아직 끊었다고 말할 수는 없어요."

에바가 흐느끼기 시작했다. 자신의 불운에 관해 이야기할 때는 울지 않던 그녀가 친구의 죽음에는 격양된 반응을 보였다. 나는 에바의 허리를 끌어안고 어깨를 토닥여주었다.

"이렇게 이야기를 꺼내는 것만으로도 대단한 용기라고 말해주고 싶어요. 일단 마주할 수 있다면 두려움을 물리치기 위한 준비 단계에 들어선 거예요."

수희의 말에 에바는 안색이 조금 밝아지더니 서서히 평정을 찾는 듯했다.

수희의 그림은 마치 한낮의 내리쬐는 태양 아래 빛나는 바다처럼 밝고 푸른 동그라미로 가득차 있었다.

"수희는 컴퍼스만 사용했군요. 그럼, 이번에는 이 그림의 수수께끼를 풀어볼까요?"

헤이즈 교수의 요청에 수희는 괴로운 듯 미간을 살짝 찡그리더니 조심스레 이야기를 시작했다.

"사고가 난 이후 바다를 볼 수 없었어요. 사고의 충격으로 할머니가 돌아가시고, 엄마는 일 년 정도 실어증으로 고생하셨죠. 상우가 지뢰 수색 작업을 하고, 폭발이 일어나고, 피를 잃어버리는 마지막 순간에도 바다는 아무 말 없이 모든 것을 지켜봤을 테죠. 상우의 마지막 호흡을 목격한 저 바다를 생각하면 숨이 잘 쉬어지지 않았어요. 어떤 때는 물을 마시다가도 호흡곤란이 왔죠. 투명하고 푸른 동그라미는 내게 두려움의 근원이에요. 그때부터 호수도, 강도, 바다도 한 발짝도 다가갈 수 없었어요."

바다를 향해 지청구를 퍼붓는 수희의 모습이 눈앞에 그려졌다. 어떤 빛도 닿지 않는 슬픔의 바닥에서 날 선 지느러미가 솟은 등을 세우고 앙버티며 고집스럽게 한 걸음 한걸음 내딛는 발걸음의 무게가 느껴지는 것 같았다.

"수희는 자신의 문제와 그 원인을 잘 알고 있습니다. 그런데도 헤어나오지 못하는 이유가 무엇이라고 생각합니까?"

정곡을 찌르는 헤이즈 교수의 질문에 수희는 멍한 표정을 하다가 가까스로 말을 꺼냈다.

"글쎄요. 아직 슬픔을 끝낼 때가 아닌 것 같아요. 이런 상황에서 아무것도 할 수 없는 자신이 무기력하게 느껴져요. 평생을 이렇게 산다면 살아도 사는 게 아니라는 걸 알겠는데, 그것 역시 두려운

데도, 벗어나는 방법을 모르겠어요."

그러자 에바가 눈을 동그랗게 뜨며 말했다.

"아무것도 할 수 없다니요. 당신은 여기까지 와서 이렇게 열심히 미술치료를 공부하고 있잖아요. 많은 사람에게 도움을 주기 위해서 말이죠. 나는 당신이 참 대단하다고 생각해요."

에바의 말에 수희는 고개를 가로저었다.

"겸손은 미덕이 아닙니다. 이럴 땐 고맙다는 한마디면 됩니다."

내가 한마디 거들어봤지만, 수희의 얼굴에 드리운 그늘은 가시지 않았다.

헤이즈 교수는 안타까워하는 눈빛으로 수희를 바라보며 말을 이었다.

"슬픔이 제 역할을 다할 때까지 시간을 주는 건 중요합니다. 그러나 남아 있는 자기 삶도 보살펴야 해요. 두려움의 원인과 배경, 둘러싼 것과의 관계를 파악해 자아를 회복해야 합니다. 이토록 어렵게 내면을 들여다보고 심연에 똬리를 튼 두려움을 끄집어낸 용기에 박수를 보냅니다. 우리는 두려움과의 싸움을 계속해야 할 운명이지만, 여러 도구와 방법을 이용해 두려움을 측정하고 통제하며 실체에 다가가야 합니다. 함께 손잡고 도전하면 가능하지 않겠습니까?"

두려운 생각이 들면 두려움을 쫓아내야 하는데 나는 아무것도 하지 않았다. 이미 만들어진 삶을 찾아 걸치듯 두려움도 그저 걸

치면 그만이었다. 나는 두려움에 길들어 있었다. 때로 두려움은 정적이나 무서운 꿈, 날카로운 비명으로 옷을 갈아입었다. 그렇지만 헤이즈 교수가 제안한 것처럼 한번 시도해보고 싶었다. 그때 헤이즈 교수가 주의를 끌기 위해 낮게 헛기침 소리를 내더니 다같이 원을 만들라고 했다.

우리가 둥글게 서자 헤이즈 교수는 에바와 수희 사이에 서며 말했다.

"모두 가만히 눈을 감고 손을 잡아보세요. 그리고 서로 무언의 대화를 나누는 겁니다. 때로 말보다 촉감이 더 진실한 감정을 전해주기도 하니까요."

나는 왼손으로 에바의 손을, 오른손으로는 수희의 손을 잡았다. 그 순간 양쪽에서 깃털의 움직임처럼 부드럽고 미세한 진동이 느껴지면서 감미롭고 애잔한 멜로디가 들려왔다. 떨리면서도 꽉 차오르는 벅찬 감정에 코끝이 찡해졌다. 그렇게 손에서 손으로 작은 떨림을 전하며 우리는 끊임없이 마음 속 이야기를 나누었다:

진정한 이별의 시간

　하루아침에 걷지도 못하게 되어 휠체어를 타고, 그 몸으로 시위 현장을 다니던 케빈은 끝내 쓰러져 병상에 드러눕더니 일어나지 못했다. 케빈의 장례식에서 상복을 입은 그의 아내와 아이들을 보자마자 나는 이곳에 온 것을 후회했다. 땅에 떨어진 벚꽃잎을 주워 서로에게 뿌려대는 꼬마들은 무슨 일이 벌어진지도 모른 채 천진하게 장난을 치고 있었다. 나는 그들에게 아무런 위로도 힘도 되지 않았다. 그의 마지막을 보며 나와 동료들이 느낀 감정은 두려움과 분노, 그리고 무력감이었다.

　"제기랄, 이게 뭐야, 도대체. 우리가 이러려고 군인이 된 건 아니었잖아."

"이제 뭔가 해야 한다고. 힘을 모아서, 뭔가를."

장례식장에서 만난 동료들은 다들 한마디씩 떠들었지만, 나는 할 수 있는 일이 아무것도 없다고 생각했기에 입을 다물었다.

"조만간 온라인으로 회합을 할 거니까 그날 꼭 참석해. 존, 너도 우리랑 같은 생각이지?"

덩치가 곰만 한 테드의 물음에 나는 건성으로 고개를 까닥했다. 장례식에 참석하기 위해 버진주까지 차를 몰고 온 것부터 나답지 않았다. 오지 않는다고 눈치 줄 사람도 없고, 혹여 눈치를 준다 해도 내 쪽에서 연락을 끊으면 끝나고 말 관계에 불과했다. 오히려 한데 모여 있으면 잊고 싶은 일을 떠들어 상기하게 되니 만나지 않는 편이 편했을 텐데, 결국 장례식에 오고 말았다.

장례식장을 빠져나와 강변을 따라 드라이브하며 한참을 망설이다 결국 리사에게 연락했다. 분노하고 원망하고 회피하며 리사와 함께한 시간을 지우려고 애썼지만, 미술치료 워크숍에서 나는 어쩔 수 없이 리사를 떠올려야 했다. 리사와 함께 보냈던 시간의 둔덕에는 풀리지 않은 응어리가 그대로 남아 있었고, 그로 인해 나는 가슴의 체기를 안은 채 살고 있었다. 새로운 대상을 향해 진정으로 마음을 열기 위해서는 감정의 찌끼를 덜어내야 했다.

"존!"

헤어진 이후 리사는 학교를 마치고 버진주에 있는 한 병원에서 근무하고 있었다. 못 본 사이 살이 조금 붙었고, 얼굴에 혈색이 돌아 건강해 보였다. 리사는 나를 보고 환하게 웃으며 반가워했는데, 놀랍게도 나 역시 그녀를 보자 기꺼운 마음이 앞섰다. 나를 배신하고 깊은 상처를 주었는데도 시간은 날카로운 감정을 어느새 무디게 만들어버린 것 같았다.

"리사, 오랜만이야. 좋아 보이는데."

하얀 의자에 앉아 있는 리사를 향해 손짓하자 그녀는 잔잔한 미소를 지었다. 예전에 순수했던 어린 시절의 만남과 뜨겁게 사랑했던 기억, 그리고 상처를 안겨준 매서운 이별이 내 삶을 스쳐 갔다는 사실이 믿기지 않았다. 모든 것이 그저 고요하고 평안하게 느껴졌다. 나는 고개를 숙여 그녀의 뺨에 가볍게 입을 맞추었다. 수도 없이 입술을 가져다 대었던 그녀의 얼굴과 입술, 나비의 날개 같았던 팔과 부드러운 살결이 떠올랐다.

"응, 몸이 꽤 불었지? 아기를 가졌거든."

리사는 의자를 살짝 뒤로 빼더니 봉긋 올라온 배를 보여주었다. 졸지에 할 말을 잃은 나는 그녀의 배를 멍하니 바라보았다.

"뭘 그렇게 놀래? 내 친구들은 대부분 아이 엄마가 됐다고."

의자를 당겨 앉으며 말하는 리사를 보면서 나도 자리에 앉았다. 리사를 만나면 우선 여러 가지를 따져 물으려고 했는데, 예상치 못한 변수에 대사를 까먹은 배우처럼 무슨 말을 해야 할지 막막해졌다.

"아이는 그때 그 사람의…?"

가까스로 내 입에서 나온 말은 아이의 아빠가 누구인가 하는, 상투적인 질문이었다. 리사는 고개를 가로저었다.

"아니. 그 사람은 잠시 지나가는 친구였고, 그 뒤로도 여러 만남이 있었지. 학교를 마치고 버진주의 부모님 집에 들어와서 지냈어. 아버지 건강이 나빠져서 엄마가 같이 살자고 그러셨거든. 무남독녀이니 선택의 여지가 없기도 했고. 그러면서 이웃에 사는 지금 남편을 만나 결혼까지 했어."

나는 입술을 굳게 다문 채 묵묵히 리사의 이야기를 들었다.

"너를 만나면 꼭 하고 싶은 이야기가 있었는데, 너를 만나는 게 또 상처를 줄까 봐 연락 못 했어. 이렇게 먼저 연락하고 만나줘서 정말 고마워."

리사는 다정하고 진지한, 익숙했던 표정을 지으며 말을 이었다.

"그 당시 내 행동은 어떤 변명으로도 용서받기 어려울 거야. 약하고 자기중심적이었던 난 재이를 대신할 사람이 필요했던 것 같아. 그렇게 넌 내게 위안이 되었는데, 동시에 너를 볼 때마다 재이가 떠올라 그에게서 벗어날 수 없었어. 그러니까, 어느 시점부터 너는 없으면 안 되지만, 동시에 벗어나고 싶은 존재가 되고 있었던 거야. 미안해. 너를 속였던 건 그날이 처음은 아니었어."

느린 속도로 낮게 토해내는 리사의 고백은 고해실 앞의 참회처럼 진솔했다. 나는 잠시 고개를 숙였다가 다시 들며 리사에게 말했다.

"우리는 서로를 너무 잘 안다고 믿었는데, 우리가 알았던 건 어린 시절부터 봐온 익숙한 모습에 불과했던 건지도 모르지. 다른 이들 앞에 서면 나는 언제나 가슴이 쪼그라들어 주눅이 들었어. 내가 누구인지 알 수 없었고, 가족은 엉망진창이 되었어. 학교도 제대로 안 다녔고. 하지만 이상하게도 리사 너만 떠올리면 온몸에 에너지가 돌고 결연한 모습을 보일 수 있었어. 그러니까 항상 강한 사람으로 보이고 싶었던 거지. 어쩌면 거짓된 모습을 보인 거라고 해야 하나?"

중얼거리듯 털어놓는 내 이야기에 리사는 어깨를 으쓱하며 말했다.

"나는 너의 약한 면을 알고 있었어. 억지로 강해지려고 애쓰려했던 것도. 사람은 여러 개의 얼굴을 가지고 있나봐. 나야말로 네 앞에서 약하고 외로운 모습을 내보였지만, 아무도 이런 내 모습을 보진 못했거든."

"그렇다면 우리는 상대의 일부를 전체라 믿었고, 그 허상을 사랑이라고 이름 붙여 서로를 속인 건가?"

자신 없는 표정으로 말하는 나를 똑바로 보며 리사는 세차게 고개를 저었다.

"그건 아니야. 우리는 진정으로 서로 사랑했고, 가슴에 깊은 자국을 남겼어. 실체가 있었던 감정이었다는 건 분명해. 헤어졌다고 해서 그 모든 걸 부정할 수는 없어."

"그런가? 나도 단 한 번 너를 배신한 적이 있었어. 삼촌 결혼식에 참석하려고 한국에 갔을 때 윤지라는 여자를 만났지. 이상하게도, 처음 만났는데 너에 관한 이야기까지 빠짐없이 하게 되더라고. 단 하나의 비밀도 없이 말이야. 그리고 우리는 불처럼 활활 타올랐어. 아주 잠깐이었는데, 지금까지도 뇌리에 생생하게 박혀 있어."

분위기에 이끌린 건지 나도 모르게 윤지에 관한 일까지 털어놓았는데, 리사는 전혀 놀라는 기색 없이 말했다.

"한국에 다녀온 뒤 네가 변한 걸 느낄 수 있었어. 절정에 이르자 너는 한국말을 내뱉었고, 내 몸에 닿는 너의 손길도 달라졌거든. 그때부터 나도 심하게 방황하면서 출구를 찾기 시작했어. 우리는 서로에게 어떤 의미인지 의문도 갖게 되었고."

나는 예상치 못했던 리사의 말에 가슴이 찔린 기분이었다. 알고 있었다, 리사가. 모든 것을. 리사는 담담하게 말을 이었다.

"그렇다고 내 행동을 정당화하려는 건 아니야. 너나 나나, 진즉 끝난 사랑의 끄트머리를 부여잡고 있었던 거니까. 재이를 중심으로 견고했던 우리의 사랑이 재이로 인해 깨트리고 싶은 사랑으로 변해버렸는데도 그걸 인정하지 않으려고 했던 건 아니었을까?"

오롯이 나만 바라봤던 리사에게 나의 행동이 얼마나 큰 배신감으로 다가갔을지 짐작이 가질 않았다. 리사를 이별의 원인 제공자이자 사랑의 가해자로만 몰아붙이며 증오했던 시간이 부끄러웠다. 미안하다는 말로는 턱없이 부족했지만, 내가 할 수 있는 말은 그것뿐이었다.

"미안해, 리사. 내가 너에게 먼저 상처를 주었다는 걸 몰랐다는 변명으로 네 감정이 풀리진 않겠지. 그때는 그저 지나가는 일탈이었다고 생각해서 네가 모르길 바랐어. 그런데 의외로 격정에 휘말렸고, 시간이 지나도 사라지지 않았어. 그건 내 의지로도 어찌할 수 없는 사건이었어."

상처만이 상처와 스밀 수 있었기에 서로 자리를 내어주었던 리사와 나. 우리는 사랑이 효력이 다했다는 걸 애써 부정했지만, 종말은 극단적인 방식으로 찾아왔다. 우리가 좀 더 현명했더라면 친구로 남을 수 있었을 텐데, 너무 늦었다. 갑자기 리사가 낮은 탄성을 질렀다.

"무슨 일이야? 어디 안 좋아?"

걱정되어 묻자, 리사가 배를 감싸안으며 간신히 호흡을 뱉었다.

"아기가 너무 힘차게 움직여서."

"벌써 그런 게 느껴지는 거야?"

"그럼. 병원에서 아들이라고 했어. 태아가 세게 움직이면 배가 당기고 아프기도 해. 만져볼래?"

나는 어색함을 무릅쓰고 리사의 손을 따라 단단한 배를 쓰다듬었다. 별안간 생명의 세찬 발길질이 손바닥을 쳤다. 아이에서 소녀로, 소녀에서 여인으로 리사가 성장하는 동안 나는 뒷걸음질만

치고 있었다.

"나가서 조금만 걸을까? 벚꽃의 계절에 걷는 건 멋진 일이야."

리사가 스스럼없이 내 곁으로 다가와 팔짱을 끼며 환하게 웃었다. 진실을 말하는 건 거짓을 말하는 것처럼 힘들었지만, 아무것도 꺼내거나 밝히지 않은 채 무거운 망토를 걸치고 있다가 벗어버리자 절정에 이른 봄의 풍경이 비로소 눈에 들어왔다.

"존, 그거 알아? 우리가 지금 보고 있는 이 나무 말이야. 나무는 나이테로 나이를 안다고 하잖아. 그런데 나무의 안쪽에 있는 부분은 죽은 상태라고 해. 바깥쪽만 살아 있는 거지."

리사의 말에 나는 궁금증이 일었다.

"그렇다면 죽은 부분과 살아 있는 부분이 공존한다는 건가?"

"맞아. 나무는 죽은 부분으로 안쪽을 채우며 살아가고 있어. 어떻게 보면 죽음을 끌어안고 산다고 해야 할까? 인간도 어떤 면에서는 마찬가지인 셈이야. 지금 나는 고귀한 생명을 끌어안고 있지만, 나라는 존재가 언젠가는 사라질 테니까. 삶의 신비는 죽음과 연결된 것 같아."

누군가의 아내가 되었고, 이제 누군가의 엄마가 될 리사에게 들추고 따져야 할 과거 따위는 아무런 의미도 없었다. 그녀는 이미 자기 삶의 의미를 찾아 앞으로 나아가는 중이었다. 걷고 있는 리사의 머리 위로 연분홍 꽃잎들이 사뿐히 내려앉는 바로 그때 우리에게 진정한 이별의 시간이 허락되었다.

아직도 뭔가 남아 있다

"존, 단아 양이 기운이 없어. 이제 시간이 얼마 안 남은 것 같구나."

단아 양은 하루가 다르게 몸에서 힘이 빠져나가고 있었다. 아기 때 내게로 와 의지가 되어주었던 단아 양이 병약한 할머니로 변해가는 모습을 보며, 인간과 반려동물의 시간이 다르다는 사실이 현실로 와닿았다. 내게 단아 양은 까칠하면서도 보드랍고 위안을 주는 그런 존재였다. 고양이의 시간 속에 살면서 인간에게 사랑을 주고 사랑을 받았던 단아 양의 기억 속에 나는 어떤 모습으로 남아 있는지 궁금했다.

차고 문을 열고 거실로 향하는데 남자 웃음소리가 크게 들렸다.

"존?"

수희와 제이슨이 함께 있었다.

"네. 잠깐 시간이 나서 들렀습니다."

나는 단아 양의 목덜미를 간질거리며 말했다. 단아 양은 계속 내 무릎에 앉아서 내 손길에 몸을 맡기고 있었다.

집으로 돌아와 우두커니 거실에 앉아 있는데 불현듯 아무것도 할 일이 없고 삶이 무료하다는 생각이 들었다. 수희가 제이슨과 같이 있는 모습을 보고 난 뒤 나는 자신감을 잃었다. 확실히 알게 된 사실은 안정된 직업과 어머니를 돌보는 성숙함, 그리고 차분함이 느껴지는 제이슨은 수희에게 적당한 사람이지만, 나같이 불안정하고 무능력한 사람은 그 누구에게도 도움이 되지 않는다는 것이었다. 게임도, TV도, 심지어 술조차도 내키지 않았다. 그때 에바에게서 문자가 왔다. 근처 친구의 집에서 파티가 있으니 같이 가자는 제안이었다. 나는 망설임 없이 곧바로 가겠다는 답신을 보냈다.

"존, 여기야."

검은색 민소매 원피스를 입은 에바가 함박웃음을 지으며 나를 향해 손짓했다.

"이런 자리에는 백만 년 만에 오는 것 같은데. 나를 파티에 불러내다니 대단해."

내가 놀랍다는 듯 에바를 추켜세우자 에바가 내 어깨를 툭 치며 말했다.

"맨날 혼자서 술 마시지 말고, 이런 데도 오고 그래. 어울리니까 좋잖아."

내 앞에서 웃고 있는 에바의 코에 점처럼 붙어 있는 피어싱이 조명을 받아 반짝였다. 즐거워지고 싶은 사람들에게 둘러싸여 즐거운 듯이 웃는 에바의 보이지 않는 눈물이 또르르 내 손등 위로 굴러떨어졌다. 즐겁지도 즐거워지고 싶지도 않은 나는 구석에 자리잡고 술만 홀짝거렸다.

"춤출까?"

에바가 손을 내밀며 말했다. 고개를 젓는데도 에바는 막무가내로 나를 끌어냈다. 힘으로 한다면 그 자리에서 꿈쩍도 하지 않고 버틸 수 있었지만, 그녀를 따라 움직였다. 음악은 조용했고 에바는 내 양손을 자기 허리에 두른 다음 두 손에 깍지를 끼더니 내 목 뒤에 대며 말했다.

"우리 집에 갈래?"

나는 고개를 저으려고 했는데 그럴 수가 없었다. 순식간에 에바가 내 얼굴을 세게 붙잡았기 때문이었다. 그러더니 내 입술에 자기 입술을 바싹 붙였다.

"에바, 안 돼, 우리는."

내가 목을 뒤로 빼며 더듬거리자 에바가 풀린 눈으로 고개를 주억거리며 말했다.

"알아, 우리는 친구지. 어차피 내일 아침이면 아무것도 기억 못해. 잘 들어, 지금부터 나는 나오미, 너는 피터야. 우리는 이 파티에서 처음 만났고, 춤을 추다가 키스를 할 거고, 하룻밤을 보낸 다음 레테의 강물을 마실 거야."

내 목을 세차게 끌어당기며 키스하는 에바에게 모든 것을 맡겼다. 파티가 끝날 무렵 우리는 그곳을 빠져나와 에바의 집으로 갔다. 정신없이 서로의 육체를 탐하는 거친 호흡이 거실을 채우고 욕망을 깨웠다. 그날 에바는 사라진 내 영혼의 반쪽 재이를 불러내었고, 나는 에바의 유령 손가락을 만지작거렸다. 에바의 주술 덕분인지 이상하게도 그날 밤 악몽은 찾아오지 않았다.

파티에 갔던 그날 이후 나는 에바와의 관계를 어떻게 해야 할지 혼란스러웠다. 수희를 향한 감정이 강하게 자리하고 있는데도 에바를 떠올리면 온몸이 뜨거워졌다. 그렇지만 감정의 실체를 알 수 없는 상태에서 에바에게 선뜻 연락할 수도 없어 그저 미적거릴 뿐이었다. 워크숍은 이제 마지막 시간을 남겨두고 있었다. 그때 어머니에게서 전화가 걸려왔다.

"존, 이번에 중요한 건으로 출장을 가게 됐어. 부동산 맞교환인데 잘 되면 크게 한 건 할 수 있을 것 같구나."

"잘됐네요. 어디로 가는 거죠?"

"텍사스 오스틴인데, 간 김에 엉클 밥도 만나고 한 사흘 정도 머물려고 해."

엉클 밥은 어머니의 양오빠로 은퇴 후 그곳에서 살고 있었다.

"엉클 밥 본 지도 일 년이 넘어서 같이 가고 싶지만, 당장 휴가를 낼 수가 없어요."

"괜찮아. 어차피 일 때문에 가는 거니까. 그것보다 부탁이 있어. 수희가 집에 혼자 있는 게 겁난다고 하는구나. 제이슨이 어머니와 같이 살고 있어서 그 집에 가는 것도 제이슨을 부르는 것도 곤란하대. 단아 양도 돌봐야 하니 아무래도 여기 와서 같이 있어줘야 할 것 같다."

"그럴게요."

나는 어머니의 부탁을 흔쾌히 들어드리기로 했다. 수희와 지내면서 내가 느끼는 게 무엇인지 분명하게 알고 싶었다. 그러나 기대와는 달리 이틀이 그저 흘러갔다. 첫째 날 저녁은 늦게 들어온 수희가 피곤하다며 곧바로 이층으로 올라갔고, 둘째 날은 느지막이 일어나는 나와는 달리 그녀가 아침 일찍 일어나 나가버려서 얼굴조차 볼 수 없었다. 그날 저녁 집에 가보니 제이슨이 와 있었다. 둘 사이에 끼어 이야기하는 것이 불편했기에 잠시 인사만 나누고 방으로 들어와버렸다. 수희에게 어울리는 사람이라고 생각하면서도 제이슨만 아니라면 나와 수희 사이에 어떤 일이 생기지 않았을까 싶기도 했다. 어쩌면 내게는 영영 기회가 돌아오지 않을지도 몰랐다. 거기다가 에바까지 엮이며 일이 복잡해졌다.

맥주를 사러 나가는데 거실에서 TV 소리가 났다.

"안 자요?"

거의 한시가 다 되어가고 있었다. 나야 원체 불규칙한 생활을 하고 새벽까지 뒹굴다가 해가 중천에 떠야 일어나는 터라 잠에 대해서는 신경을 쓰지 않았지만, 수희는 규칙적인 생활을 했다. 보통 저녁 열시쯤이면 졸려 했고 새벽 다섯시면 일어나서 움직이는 바지런한 습관이 몸에 배어 있었다.

"요새 계속 잠을 못 자요. 왜 그런지 모르겠지만, 신경이 곤두서 있고 입맛도 없어요. 동생 기일이 다가와서 그런 것도 같고. 예민해졌어요."

"지금 맥주 사러 가는데 한잔 마실래요? 혹시 필요한 것 있어요?"

"그럼 수면제 좀 사다 줄래요? 거의 일주일 동안 잠을 제대로 못 자서 너무 힘드네요. 이러다 잠들겠지 하면서 기다리다보니 그렇게 됐어요."

"24시간 슈퍼에 팔 겁니다. 만약 없으면 24시간 하는 약국도 있으니까 살 수 있어요."

"참 편리하네요. 일하는 사람들은 힘들겠지만."

생활이 점점 편리해지면서 소비도 늘었고, 이러한 욕구를 충족하려면 수입을 더 올려야 했다. 살기 위해 일을 한다기보다는 돈을 쓰기 위해 일을 한다는 것이 맞는 표현이었다. 특히 내 경우는 더욱 그랬다. 언제든 살 수 있으니 돈을 쓸 수 있는 시간이 그만큼 늘어난 셈이었고, 대형 할인점에 발을 들이는 즉시 자제력을 잃은 채 커다란 카트를 가득 채우기가 일쑤였다. 그렇지만 이번에는 수희가 기다리고 있었기에 카트 대신 작은 바구니에 필요한 물건만 골라 담고 재빨리 슈퍼를 나섰다. 수면제를 사면서 그녀를 보지 못해도 좋으니 잠들어 있기를 절실히 바랐는데, 그녀는 여전히 창백한 얼굴로 나를 맞이했다.

"고마워요. 제이슨이 바닷가에 놀러가자고 하더라고요. 여기서 조금만 더 가면 북대서양을 바라보는 아름다운 해변들이 줄지어 있다는 걸 아는데도, 그리고 그런 풍경을 즐기고 싶은데도 갈 수가 없어요. 동생의 마지막을 지켜보았을 저주와 공포의 바다를 마주하기 힘들 것 같아서죠. 바다는 아무 잘못이 없는데 말이에요. 앞으로 영원히 바다에 못 가게 될까요?"

수희의 눈빛이 불안하게 흔들거렸다.

"우리 삶에 확실한 건 없어요. 영원히, 절대로 같은 표현은 인간이 쉽게 할 수 없는 거죠."

나는 수희를 위로할 능력이 안 된다는 걸 알면서도 무언가 안심시키는 말을 하고 싶었다.

"그나마 오늘 밤은 잠들 수 있다는 건 확실하네요."

수희는 수면제를 삼키더니 쓴웃음을 지으며 말했다.

"잘 자요."

그녀의 편안한 잠에 조금이나마 도움을 줄 수 있다는 것이 다행이었다. 그렇게라도 그녀의 안녕에 보탬이 된다면, 폭풍우 치는 바다로부터 그녀를 지켜줄 수 있다면 그것으로 충분했다.

"잘 자요."

나는 그녀의 평화로운 잠을 위해, 오래전에 잃어버린 기도하는 심정으로 한 번 더 힘주어 말했다. 그리고 맥주와 게임을 벗 삼아 어두운 밤을 불태웠다. 한참 게임에 몰두하고 있는데 갑자기 벽이 흔들리더니 자동차 경보음이 들렸다. 불길한 예감에 밖으로 뛰쳐나갔다. 웬 트럭이 어머니의 집 차고에 처박혀 있었고, 그곳으로부터 연기가 피어올랐다. 한 남자가 쿨럭거리며 트럭 밖으로 뛰쳐나오자마자 차에서 불길이 치솟았다.

나는 반사적으로 집 안으로 뛰어들어가 단숨에 이층까지 올라갔다. 수희의 방문을 두드렸지만, 대답이 없었다. 문고리를 돌렸는데 잠긴 상태였다. 차고 쪽에서 삽시간에 불길이 올라오고 있었다. 몸으로 문을 열어보았지만 역부족이었다. 문을 열 만한 도구는 죄다 차고에 있었기에 다시 아래로 내려가 되는대로 청소용 봉을 들고 왔다. 문고리를 향해 온 힘을 다해 돌진했고 몇 번의 시도 끝에 문을 열 수 있었다. 침대에 누운 수희는 미동도 하지 않았다. 나는 그녀를 들쳐업은 채 곧바로 계단을 내려왔다. 연기가 너무 심해 거의 질식할 지경이었지만, 그녀와 나를 위해 정신을 차려야 했다. 가까스로 바깥으로 빠져나와 수희를 잔디 위에 내려놓자 곁에서 단아 양의 울음소리가 들렸다. 까마득히 잊어버리고 있었다는 것이 가책이 되어 단아 양을 품에 꼭 안아주었다. 단아 양은 놀랐는지 바들바들 떨고 있었다. 이윽고 소방차 사이렌이 울렸고, 동시에 도착한 구급차에서 내린 구급요원이 수희에게 산소 호흡기를 대주었다. 잠시 후 수희는 여전히 잠에 취한 얼굴로 눈을 뜨더니 어리둥절한 얼굴로 주위를 둘러보았다.

"집 앞을 지나가던 차의 엔진에 문제가 있었던 것 같습니다. 어머니 집 차고를 들이받았고 불이 나서 진화 중입니다."

나는 수희에게 짧게 상황을 전해주었다.

"폭발이 일어났다고요?"

수희는 잠에 취한 듯 중얼거리더니 다시 눈을 감았다. 구급요원들이 병원에 가자고 했지만, 나는 수희가 수면제를 먹어서 그렇다며 약 기운이 떨어지면 깨어날 거라고 말했다. 수희를 다운타운의 내 아파트에 데려다준 뒤 다시 어머니 집으로 향했다. 불은 꺼졌지만 집은 형체를 알아보기 힘들었으며, 차고와 재이의 방, 그리고 이층까지 깡그리 타버렸다. 재이와 나의 기억은 이제 어디에서도 찾을 수 없었다.

정신을 차린 수희는 어머니 집으로 가겠다고 했다.

"다른 건 몰라도 동생의 그림은 찾아야 해요."

"가봤자 아무것도 없어요. 죄다 불타버렸습니다."

마치 사형 선고를 내리는 듯한 기분이 들었지만, 나는 악역을

자처해야 했다.

"왜 우리에게 이런 일이 생기는 걸까요? 당신도 나도 충분히 힘든 시간을 보냈는데 아직도 뭔가 더 남아 있다는 게 믿어지지 않아요. 당신이 그 시간에 거기 없었다면 나는 아마도 잠든 채로 저세상에 갔겠죠. 죽음은 정말 순식간에 오나봐요."

"내가 안 갔으면 수면제도 안 먹었을 테니까 그런 일은 일어나지 않았을 겁니다. 괜한 생각은 하지 말아요."

수희는 상당한 충격을 받은 듯 멍한 눈길을 한 채 혼잣말을 중얼거렸다.

"이제 어디로 가지? 갈 데가 없어."

나는 당분간 내 아파트에서 지내라고 했지만, 수희는 세게 고개를 저었다. 일을 마치고 집에 와보니 소식을 전해듣고 부랴부랴 비행기 표를 구해 돌아온 어머니가 수희와 이야기를 나누고 있었다. 나를 보자 어머니는 눈물을 훔치며 말했다.

"재이의 모든 것이 사라졌어."

나는 퉁명스럽게 말했다.

"이제 잊을 때도 됐어요."

나도 모르게 말을 내뱉고는 아차 싶어 수희를 바라보았다. 기억에는 유효기간이 없기에 누구에게도 잊어야 할 시간이란 없는 법이다. 더구나 잊을 수도 없는 일이었다. 가끔 나는 이렇게 함부로 말을 뱉어놓고 후회하곤 했다. 어머니와 수희는 서로의 소중한 것에 관해 안타까운 감정을 나누었다. 나도 둘 사이에 끼어 그렇게 마음을 나누고 싶었다. 재이의 모든 것이, 우리의 모든 기억을 간직한 물건들이, 레오티의 전설이 담긴 드림캐처마저 재가 되어 날아가버린 것에 관하여. 이제 나쁜 꿈과 불운을 걸러낼 그물이 사라졌으니 어쩌면 좋으냐고 하소연하고 싶었다.

사고 담당자는 집 보험과 가해자의 보험회사에서 보상이 나오기는 하겠지만, 시간이 꽤 걸릴 거라고 했다. 어머니는 당분간 매슈의 집에 머물기로 했고 수희는 한국으로 돌아간다고 했다.

"여기 계속 있는 것 아니었습니까?"

예정보다 빨리 이곳을 떠나겠다는 수희의 말에 나는 당혹스러웠다.

"그럴 계획이었지만 부모님 곁으로 돌아가는 게 좋을 것 같아요. 화재로 인한 충격이 커서 이곳에서 더 지내기는 어렵겠어요."

나는 어떻게든 수희를 붙들고 싶었다.

"그럼 마무리하고 돌아갈 때까지 여기서 지내요. 나는 거실을 사용하면 됩니다."

고민해보겠다던 수희는 다음 날 아침 한 달 뒤로 비행기 표를 예약했다고 말했다.

"불편하겠지만 한 달만 당신 아파트에서 신세 좀 질게요. 졸업식 때까지 있기는 힘들 것 같고 곧 석사 과정이 끝나니까 되는 대로 한국으로 돌아가 일자리를 구하고 공부도 계속할 계획이에요.

무엇보다 한시라도 빨리 부모님을 만나고 싶어요. 그동안 너무 내 감정만 앞세웠나 봐요. 부모님도 힘드신데 나 혼자만 살겠다고 빠져나와서 깡그리 잊으려 했던 것 같아요. 그뿐 아니라 나 자신의 심리도 굳건히 하지 못한 채 타인의 내면을 이해하기가 쉽지는 않네요. 다음주가 마지막 워크숍이죠. 워크숍 내용을 정리하고, 차를 판 다음 은행 계좌를 없애면 아무런 흔적 없이 왔던 곳으로 되돌아갈 수 있겠죠."

"그럼 제이슨하고는 어떻게 되나요?"

나는 망설이다 질문을 던졌다. 제일 궁금한 일이기도 했다. 수희는 낮고 깊게 숨을 내쉬며 말했다.

"제이슨은 친구예요. 그리고, 부모님을 두고 이곳에서 계속 지낼 수는 없어요. 내가 있을 곳은 부모님 곁이니까요. 제이슨이 어머니를 돌보며 사는 모습을 보고 더욱 그런 생각이 들었어요."

수희는 내가 잠이 드는 새벽 다섯시쯤 일어나서 커피를 내리고 아침을 먹었다. 이렇게 되면 수희와 같이 있더라도 얼굴 보기조차 힘들 것이었다. 짧은 시간이라도 수희에게 도움이 되고 싶었고 그녀에게 강렬한 인상을 남기고 싶었다. 그녀가 이곳에 있었던 시간을 떠올리면 당연히 그 안에 내가 등장할 텐데, 낙오자로 기억되어서는 곤란했다. 조금이라도 달라지고 싶었다. 어떻게 하면 좋을지 고민하며 집을 나서다 반려견과 산책을 하러 가는 옆집 마이크와 마주쳤다.

"존!"

"마이크!"

"저, 존, 물어볼 게 있는데, 혹시 개 키워본 적 있어?"

"키워본 적은 없지만 여자 친구의 개를 오랫동안 같이 돌봤지. 무슨 일인데?"

마이크의 개는 영국 여왕이 키운다는 웰시 코기로 이름은 매기였다. 덩치는 커도 아직 한 살이라 사람만 보면 펄쩍펄쩍 뛰며 달려들었다.

"아버지하고 푸에르토리코에 가는데 혹시 돌봐줄 수 있을까 해서."

"난 괜찮은데 지금 집에 친구가 같이 지내. 물어보고 알려줄게."

"이틀 뒤에 떠나니까 바로 얘기해줘. 원래 다른 친구가 맡아주기로 했는데 교통사고를 당하는 바람에 곤란하게 됐어."

수희에게 문자로 의사를 물어보니 개를 좋아한다며 맡아도 괜찮다는 답이 왔다. 마이크는 개를 맡아주는 비용을 내겠다고 했지만, 나는 사료와 간식비만 있으면 된다고 했다. 절반의 한국 정서를 가진 한국계 미국인으로서 이웃 간에 돈을 받을 수는 없었다.

수희와 나는 매일 아침 매기를 데리고 산책하러 나갔고 매기가 볼일을 본 뒤처리를 하며 웃었다.

"내일은 수희 씨가 해볼래요? 뜨끈뜨끈해서 좋습니다."

내가 매기의 배변 봉투를 내밀며 짓궂게 굴자 수희는 내가 하는 걸 보는 것만으로 충분하다며 손사래를 쳤다.

"한국에 돌아가면 나도 개나 고양이를 키워볼까요? 그리고 조안처럼 토마토랑 피망도 심어보고 싶어요. 어떻게 키우고 돌보는지 배웠으니까요."

수희는 반려 동식물에 대한 관심과 애정을 드러냈다.

"나만 바라보고 내가 돌봐주지 않으면 엉망이 되어버리는 존재가 있다는 사실에 책임감을 느끼게 됩니다. 무엇보다 그 점이 좋다고 봐요."

나는 수희의 의견에 동의하며 말했다.

"그래요. 하지만 한국에 돌아가면 바쁘게 돌아가는 상황에 휘둘리게 될지도 몰라요. 내 의지와 무관하게 어떤 힘이 나를 집어들고 빙빙 돌리는 거죠. 어렸을 때 동네 놀이터에 지구본이라고 하는 놀이기구가 있었어요. 지구 모양의 놀이기구에 올라타면 누군가가 지구본을 돌렸고 나는 빙글빙글 돌아가는 하늘을 바라보았죠. 어떤 때는 내가 그 지구본을 돌리기도 했어요. 그런데 어느 날, 계속 끝도 없이 빠르게 지구본이 돌았어요. 나는 무서워서 그곳을 빠져나오고 싶었어요. 그런데도 그 사람은 멈추지 않고 계속 돌렸어요. 겁이 나니까 소리도 안 나왔어요. 어느 순간 지구본이 멈췄고, 어떻게 내렸는지 기억이 나지 않지만, 몇 번을 토한 뒤 한참을 울었던 기억이 나요. 그 이후론 놀이기구를 탈 수가 없었어요. 지구본도, 회전목마도, 그네도 죄다 멀리하게 됐어요. 다시 한국에 돌아가면 그렇게 누군가가 돌리는 놀이기구에 올라탄 채 내려오지 못해서 전전긍긍하게 될지도 몰라요. 이곳에서도 느닷없이 이런 사고를 당하는 것처럼 말이죠."

"그래도 미리 걱정하지는 말아요."

"그럴게요. 당장 코앞에 닥친 일부터 처리하는 게 순서니까요. 차를 팔아야 하는데, 중고차 딜러 가게에 같이 가줄래요?"

수희와 처음 차를 샀던 곳에 갔지만, 반값도 쳐주지 못한다고 했다. 이제 고작 일 년 됐을 뿐인데도, 그들은 수희의 차가 아주 오래되어 가치가 떨어진 것으로 평가했다. 일 년이 그렇게 긴 시간인가? 인터넷에서 계산해본 견적은 6천 달러였지만 어디를 가나 약속이나 한 듯 4천 5백 달러 정도를 제시했다.

"그럼 좀 멀기는 하지만 마이카에 가볼까요?"

"마이카?"

"중고차 딜러 체인이에요. 규모가 크고 시스템을 잘 갖추고 있어서 슈퍼로 치자면 월마트 같은 곳입니다."

구글 지도로 검색하다가 얼마 전 우리 동네에도 체인이 들어선 것을 알게 되었다. 마이카에서는 직원들의 자리가 정해져 있지 않아서 빈 곳이 있으면 아무 데나 앉아서 컴퓨터와 전화만으로 업무를 봤다. 마이카 직원은 한참 차를 조사하더니 5천 달러를 주겠다고 했다.

"어때요? 다른 데보다는 낫지만, 여기도 가격이 그다지 좋지는 않군요. 혹시 온라인에 올려서 팔아볼래요?"

"그런 건 못하는 편이에요. 별로 소질이 없나봐요. 시간이 얼마 없기도 하고요. 혹시라도 수표가 잘못되거나 하면 낭패잖아요. 여기서 팔고 가는 게 좋겠어요."

따로 정해진 자리 없이 여러 개의 책상 중 한 곳을 골라 앉으면 그곳이 자신의 일터가 되는 시대였다. 다들 새로운 시대에 대비해 새로운 기술을 익히고 준비하는데, 나는 여전히 방구석에서 게임을 하며 밥값을 벌기 위해 샌드위치를 만들고 있었다. 그런 일이야말로 로봇이 해낼 수 있는 간단한 일이다. 간호사가 되기 위해 학점을 따고는 있지만, 자신은 없다. 더구나 수희가 떠나고 나면 열심히 사는 모습을 보여줄 사람도 없기에 의욕이 떨어질지도 모른다.

차를 팔고 난 다음 단계는 은행이었다. 예상보다 의외로 모든 일이 빨리 진행되었고, 시간도 빨리 지나갔다. 매기를 데리고 아침에 산책하러 나갈 때면 어느새 단아 양은 밖에 나와 있었고, 산책을 마치고 돌아올 때면 집 앞에서 우리를 맞았다. 아무튼 단아 양은 이제 내 집에서 지내는 것에 완전히 익숙해진 듯싶었다. 답답하면 돌아다니다가 집으로 돌아와 내 발밑에서 잠들었다. 단아 양뿐 아니라 수희도 잘 적응한 것처럼 보였지만, 곧 떠날 사람이었다.

"내일 저녁이 마지막 워크숍이라 파티 겸해서 진행하기로 했어요.”

“그럼 가게에서 샌드위치 좀 가져가겠습니다.”

“그래 줄래요? 나는 레몬 케이크를 준비하려고 해요.”

“직접 만들려고요?”

“그럼요. 조안한테 배웠는걸요.”

“어머니가 아직 기억한다니 의외군요. 안 만든 지 꽤 됐을 텐데요.”

수희가 어머니에게 요리를 배웠다는 건 금시초문이었다.

“조안은 모든 요리와 베이킹 레시피를 공책에 빼곡히 적어놓았어요. 전부 배울 수는 없었지만, 애플파이, 콘브레드, 잠발라야, 파히타, 과카몰레, 시저 샐러드, 마카로니 치즈 캐서롤, 그리고 갈비찜이랑 잡채 만드는 법도 배웠어요. 부모님이 식당을 하셔서 요리는 해볼 기회도 없었어요. 식당에서 음식을 가져다주셨거든요.”

수희와 지낸 지 일주일. 식탁에 앉아서 같이 밥을 먹을 시간은 거의 갖지 못했다. 나는 시리얼과 빵, 라면, 테이크 아웃 음식에 익숙해져 있었고, 저녁으로는 레스토랑에서 제공하는 샌드위치를 먹거나 수업이 있을 때는 학교 근처에서 햄버거나 타코 따위를 먹었다.

“미안합니다. 그러고 보니 당신 식사를 신경쓰지 못했군요. 나는 인스턴트 식품이나 냉동 음식에 익숙해서요.”

“신경쓰지 말아요. 나는 알아서 먹어요. 조안에게 배우기만 했다는 거지 실제 해본 건 몇 개 안 돼요. 잘 될지도 모르겠고요. 내가 주로 먹는 음식은 요리와는 별로 상관없는 거예요. 달걀을 굽거나 삶거나 감자를 찌거나 해서 먹어요. 채소를 씻어서 대충 자른 다음 드레싱을 뿌려서 먹기도 하고요. 요리로 치지 않는 그런 음식들이죠."

식탁에 놓인 달걀이나 감자, 이런 것들을 집어 먹으면서 수회가 마련했다는 것을 몰랐던 자신이 둔하고 무심하게 느껴졌다. 누군가의 수고가 식탁 위의 음식에 미쳤을 텐데도 나는 그것을 알아차리지 못했다. 개미가 먹이를 옮기거나 잠자리가 사랑을 나누는 소리, 살랑거리는 바람에 나부끼는 꼬리풀과 벌새의 소소한 날갯짓에도 귀를 기울이고 눈길을 주었던 예민한 감각이 언제부턴가 이렇게 무뎌져버렸다. 퇴근할 때 샐러드나 치킨이라도 포장해 와야지. 이제 시간이 얼마 남지 않았다.

저마다의 별

워크숍의 마지막 날, 헤이즈 교수는 수희에게 진행을 맡겼다.

"그동안 나는 수희의 슈퍼바이저로 이 워크숍을 진행해왔습니다. 이번에는 수희가 과정을 이끌도록 하겠습니다."

말을 마친 헤이즈 교수가 자리에 앉자 수희는 천천히 일어섰다.

"그동안 우리는 감추어두었던 감정을 때로는 폭포처럼 거칠게 쏟아내고, 때로는 호수처럼 고요히 드러냈습니다. 나는 상처받은 사람들을 마음의 눈으로 대하는 진정한 테라피스트가 되기 위해 내 안의 상처부터 치유하고자 했고, 이런 프로그램을 고안했습니다. 마음에도 근육이 있다고 합니다. 슬픈 마음을 자주 가지면 작은 일에도 눈물짓게 되고, 반대로 행복으로 마음이 가득차면 사소한 일에도 웃을 수 있죠. 스스로 마음을 움직이는 법을 함께 체험하고 싶었습니다. 이제는 감정을 추스르는 것을 넘어 다음 단계로 가는 길을 찾아야 합니다. 각자 붓을 이용해 자신의 바람이 무엇인지 적어보는 캘리그래피 시간을 준비했습니다. 문장을 써도 좋고 단어를 선택해도 괜찮아요. 중요한 건 긴 시간의 터널에서 벗어나 다가올 미래를 긍정적으로 보는 자세를 갖추는 겁니다. 너무 멀리 바라보지는 말고, 내일, 아니면 이 강의실을 나가면서부터의 가까운 미래도 좋습니다."

수희의 말이 끝나자 나는 붓을 들었다. 무슨 대단한 글을 쓰는 것은 아니었지만, 머릿속에 한 문장이 떠올랐고 그 문장이 나를 이끌었다.

어떻게 잊고 있었을까, 그동안.

재이가 점점 아기가 되어 가는것을 보며 나는 빨리 성장하고 싶었다. 재이처럼 지능이 떨어지고 행동이 부자연스러운 퇴행을 겪게 될까 봐 두려웠기에 어른이 되는 묘약이 있다면 당장이라도 벌컥벌컥 들이켜고 싶었다.

"엄마, 대체 언제 어른이 되는 거죠? 빨리 어른이 되고 싶어요. 엄마, 아빠처럼요."

"키가 큰다고 해서, 또는 나이가 든다고 해서 누구나 어른이 되는 건 아니란다."

"그렇지만 다들 시간이 지나면 어른이 되잖아요."

"진정한 어른이 되기 위해서는 필요한 게 있지."

"그게 뭐예요?"

"승리와 고통을 오롯이 마주할 수 있을 때, 그리고 이 두 가지를 똑같은 것으로 받아들일 수 있을 때 비로소 어른이 될 수 있어. 나의 아버지, 그러니까 너는 한 번도 보지 못한 외할아버지가 어렸을 때 들려주신 말이야. 너무 좋아서 외운 뒤로는 항상 기억하고 있지. 나도 너처럼 그런 생각을 한 적이 있었단다. 부모님이 교통사고로 돌아가시고 하루아침에 고아가 됐을 때 아버지가 했던 말이 떠올랐어. 찾아보니 키플링의 시구였어. 위탁가정을 전전하다가 양부모를 만나기까지 쉽지 않은 시간이었지만, 결국 좋은 가정을 만나는 행운을 얻었지. 그리고 내 가정을 꾸리면서 불행의 파도는 끝난 줄 알았는데, 재이가 쓰러졌고. 나는 재이가 기적처럼 나을 거라는 희망을 버리지 않았어. 그러다가 점차 있는 그대로의 재이를 사랑하게 됐지. 재주 많은 재이도, 아픈 재이도 내 아들이니까. 그리고 재이를 쳐다보며 내 마음을 전했어. 그러자 재이 역시 이해한다는 듯 투명한 눈빛으로 나를 쳐다봤어."

나는 깊이 호흡을 한 다음 붓을 들었고 마침내 'Meet with Triumph and Disaster(승리와 고통을 만나자)'라고 썼다. 숨 돌릴 틈도 없이 살아가는 사람들에게 시간은 고통과 절망, 그리고 위안과 기쁨이라는 선물을 들고 등 뒤에 서 있다. 이제는 그 무엇과도 마주할 수 있을 것 같았다. 나는 드디어 진정한 어른이 된 것인가. 내가 쓴 글을 한참 들여다보던 수희가 눈을 반짝이며 말했다.

"존의 글귀는 무엇보다 내게 꼭 필요한 말이네요. 사실 나는 아직도 세상에 나갈 자신이 없어요. 승리가 행복이고 고통이 불행이라는 공식이 항상 성립하는 것도 아닌데, 마치 고통이 곧 기쁨의 소멸이자 종말을 의미하는 것처럼 도망다니게 돼요. 그동안 애너빌에서 지내며 이곳에 오기 전 겪었던 사건에서 어느 정도 벗어났다고 믿었습니다. 워크숍이 크게 도움을 주었죠. 그런데 얼마 전 내가 머물던 곳에 불이 났고, 그로 인해 다시 지난 일에 사로잡히게 되었습니다. 숨이 막히고 울음이 멎지 않았어요. 길을 걷다가도 밥을 먹다가도 내리는 비를 바라보다가도 문득문득 상념에 빠져요. 기껏 다잡았던 내면의 평정은 온데간데없이 사라지고 무지막지한 영혼의 북채가 내 삶을 마구 두들겨요. 섬이 바닷속으로 가라앉고, 산이 무너져내리고, 땅이 꺼지는 장면이 눈앞에 나타납니다. 언제든 이렇게 난관이 닥치면 그동안 스쳐갔던 온갖 일들이 동시에 떠오르며 우리는 더 깊은 공포와 좌절의 구렁텅이에 빠져버려요. 그러면서 인간이 얼마나 나약하고 연약한지 깨달아요. 불행한 기억을 깡그리 지워버릴 수는 없다는 사실을 온몸으로 알게 되죠."

수희의 이야기가 끝나자 에바가 걱정스러운 낯빛으로 물었다.

"그러니까 말이에요. 애써 잠잠해졌다가 다시 원점으로, 아니, 더 심한 상태로 되돌아가거든요. 도대체 답은 뭘까요?"

수희는 잠시 숨을 고르더니 힘주어 말했다.

"내가 내린 결론은 피하지 않는 겁니다. 존이 해준 이야기의 연장선상에서 생각해볼 수 있겠네요. 마주하는 것, 그 시간과 현재, 그리고 거기에 앞으로 올 시간을 하나 더 보태어 그 세계에서 살아간다면 덜 힘들 거라는 생각이 들었어요. 이런 의미를 담아 나는 '시간의 강물'이라고 적어봤습니다. 강둑에 앉아 흐르는 강물에 발끝을 담그면 저쪽에서 다가오던 강물이 어느새 발을 적시고는 금세 저만치 멀어져갑니다. 그 강물은 다시 돌아오지 않습니다. 그렇지만 긴 강의 물줄기를 이루는 부분이라는 점에서는 모두 같죠. 지나간 시간이 전적으로 불행하지만은 않았던 것처럼, 현재의 시간을 어떻게든 살아가는 것처럼, 다가올 시간도 살아낼 것이고 그 속에 차가움도 따뜻함도 공존할 겁니다. 기왕이면 훈풍이 불어올 것이라고 기대하면서 살아가야겠죠. 그리고, 가능하다면, 용기를 내어 그 강물에 발을 담그고 싶어요."

말을 마친 수희는 자신의 작품을 들어 보였다. 그러자 에바가 탄성을 지르며 말했다.

"너무 멋져요. 상처가 없는 사람이 어디 있겠어요. 그건 불가능해요. 의사도, 사제도, 상담사도 누구나 아픔을 겪겠죠. 중요한 건 이겨내는 거잖아요. 수희는 자기 경험을 바탕으로 다른 사람들에게 솜사탕처럼 부드럽고 달콤한 신호를 보내고 있어요. 당신은 반드시 좋은 테라피스트가 될 거예요."

에바의 말을 받아 나도 수희를 격려했다.

"나는 수희의 제안으로 여기까지 왔습니다. 타인과 대화하는 일의 필요성을 알지 못했고, 관심도 없었던 나를 인도했다는 것만으로도 대단하죠. 뭐랄까. 수희는 상대를 편하게 하면서도 강하게 끌어당기는 자석 같은 힘이 있습니다. 그 힘이 꿈을 이루게 할 거라 믿습니다."

"고맙습니다. 그럼 마지막으로 에바의 작품을 볼까요? 'Invisible Power(보이지 않는 힘)'. 어떤 의미를 담은 거죠?"

"남에게 없는 것을 가지고 태어났고, 그것이 사라져버렸다는 생각이 줄곧 나를 어딘가로 끌고 가는 것 같았어요. 나는 평범하게 사는 것이 꿈이에요. 조그만 수영장이 딸린 시골집에서 파이를 굽고 잼을 만들며 말이죠. 아빠 없이 자랐기 때문에 아이에게 엄마와 아빠가 있는 가정을 갖게 해주고 싶어요. 그러려면 무엇보다 나의 꿈을 향해 나아갈 에너지를 찾아야겠죠. 사실 내가 가졌던 두 개의 손가락을 정작 나 자신은 한 번도 본 적이 없어요. 어머니와 그 윗대의 할머니들까지 다들 지녔던 덧붙여진 손가락이 서로 연결되어 보이지 않는 관계를 만들고 있지 않을까, 그렇게 스스로 질문을 던져봤어요. 그렇다면 그건 굉장한 힘으로 전환되지 않을까요? 우리가 같은 유전자를 지녔고, 그녀들의 기억과 삶이 고스란히 내게 전해졌다면, 광활한 초원을 달리던 자유와 부족을 이끌던 강력한 능력이 내 안에도 남아 있을 거라고 믿어요. 그동안 천형이라고 여기며 괴로워했던 태생적 차이는, 조금 다른 시각으로 본다면 축복이 될 수도 있겠다는 생각이 들었어요. 이 깨달음이 이번 워크숍에 참여하면서 얻은 가장 큰 성과입니다.”

이야기를 들으며 나는 에바와 보냈던 밤에 그녀의 손가락을 만졌던 기억을 떠올렸다. 그녀는 손가락 끝을 눌러달라고 했다. 하나, 둘, 셋, 넷, 다섯, 여섯, 일곱, 여덟, 아홉, 열. 그녀는 이어서 허공에 대고 열하나, 열둘까지 세고야 셈을 마쳤다. 에바는 내가 자신의 고스트 핑거에 관해 아는 것이 다행이라고 했다. 그렇지만 그날 이후 우리의 관계는 다시 예전과 같았다. 에바는 나와 마주쳐도 그냥 자연스럽게 미소를 지을 뿐이었다. 에바든 수희든 누구라도 나의 손을 잡아주면 싶었지만, 서로를 더 가볍게 할지 더 무겁게 할지는 알 수 없었다. 그런 두려움이 우리가 엮이는 것을 가로막고 있었다. 복잡해질 필요는 없었다. 이야기를 들어주고 고개를 끄덕이거나 가끔 쓰다듬고 안아주는 것만으로도 충분할 테니.

“마지막 시간이라 아무래도 이런저런 기분이 들어요. 우리가 사랑하는 사람을 떠올리며 만든 도자기 작품 기억나시죠? 헤이즈 교수님께서 마지막 날 준다고 하셨죠. 나는 이걸 좀 더 특별하게 만들고 싶었어요. 그래서 존과 에바가 했던 말을 곱씹으며 색을 입히고 유약을 발라 재벌을 했답니다. 전문가는 아니지만, 도자기를 배운 적이 있어서 나름대로 정성껏 다듬어봤습니다."

수희는 종이 상자를 열고 도자기 작품을 보여주었다. 수희가 만들었던 자전거 타는 연인은 순백색을 입고 있었는데, 자전거 바퀴의 테두리와 연인의 머리카락이 금색으로 칠해져 고급스러운 분위기를 풍겼다. 에바의 코르사주는 명도와 채도가 다른 여러 보라색이 한 송이 영롱한 꽃을 피운 모습으로 나무 판지 위에 놓여 있었다.

수희가 에바에게 코르사주를 건네며 말했다.

"코르사주는 벽에 걸 수 있도록 만들었어요. 취향에 맞으면 좋겠네요."

에바는 고맙다며 꽃의 한 가운데를 유심히 바라보았다.

"그런데 가운데 부분은 노란색이네요. 무슨 의미가 있는 건가요?"

에바가 묻자, 수희는 고개를 끄덕이며 답했다.

"맞아요. 심장에서 사랑의 싹을 틔우라는 뜻이에요. 노란색이 희망을 상징한다는 걸 한동안 잊고 있었어요. 에바가 진정으로 사랑하는 사람을 만나리라 믿어요."

수희의 말을 들은 에바는 흘낏 나를 보더니 다시 코르사주의 가운데로 눈을 돌리며 낮게 중얼거렸다.

"그래요. 찾고 싶어요, 진정한 사랑을."

나는 발끝을 쳐다보며 에바의 되새김을 들었다.

"이건 존이 만든 사랑의 탑이에요. 파란색 계열로 칠했고, 바람에 날리는 구름 문양을 조금 넣어봤어요. 과거의 굴레에서 벗어나면 좋겠다는 의미를 담고 있죠."

수희가 내 작품을 들어 보였다. 내가 만들었던 것과는 확연히 달라져 있었다. 윗부분에는 작은 별이 달려 있었다.

"당신은 여기에 별을 달았군요."

내가 별을 가리키자 수희는 가볍게 고개를 숙였다.

"맞아요. 우리 몸 안의 모든 원자는 폭발한 어느 별에서 온 것이라고 해요. 생명을 다한 별이 다시 우리에게 왔고, 그래서 지금 이렇게 우리가 존재하는 거죠. 그러니까 저건 당신의 별이에요."

별은 아주 멀리 있다고 생각했는데, 수희의 이야기를 들으니 마치 내 안에 별이 들어 있는 것처럼 느껴졌다. 인간은 흙으로 돌아가지만, 어떤 순간에는 뜨겁게 불태워지고, 어떤 순간에는 영롱한 빛을 뿜어내기도 한다. 내게 다시 그런 시간이 허락될까.

생의 힘찬 신호들

　수희는 애초 계획을 바꿔 졸업식에 참석했다. 시간은 바쁘다고 투덜대는 사람에게나 수인의 몸으로 갇혀 있는 사람에게나 한결같이 흐른다. 시간의 책장을 넘기면 또 어떤 이야기가 펼쳐질지 모르지만, 장애물이 나타날 때 비로소 인간은 살아 숨 쉬고 있음을 의식한다. 어찌 보면 평화나 행복은 잠시 깃드는 행운과도 같다. 금방 바스러져 사라지고 마는. 그러니까 바로 지금이 내 삶에 허락된 만큼의 행복이기에 최대한 기뻐하고 누려야겠지.

　석사모를 쓰고 졸업 가운을 두른 수희는 그 누구보다도 돋보였다. 낯선 땅에서 자신의 시련을 넘어 누군가에게 도움이 되겠다는 꿈을 꾸고 실현하는 건 아무나 할 수 있는 일은 아니다. 수희의 졸업 축하와 송별회를 겸해서 모두 업타운 브루잉 컴퍼니에 모였다. 어머니와 매슈, 제이슨, 헤이즈 교수, 에바, 안나 할머니의 딸과 가족, 그리고 수희의 학교 친구들까지 열대여섯 명은 족히 되어 보였다. 보내는 사람들을 대표해 헤이즈 교수가 인삿말을 했다.

"나는 수희에게 무언가를 가르쳐주었다기보다 오히려 많은 것을 배웠습니다. 수희는 성실한 데다 아이디어도 풍부하고 타인을 배려하는 마음이 넘치는 사랑스러운 사람입니다. 수희와 함께한 시간이 무척 즐거웠습니다. 한국에 가서 원하는 일을 하며 자신의 길을 잘 개척하기를 바랍니다."

다들 수희의 답사를 기다리고 있었다. 조용히 입가에 미소를 지으며 그녀가 일어섰다.

"이곳은 높은 천장에 별다른 실내장식도 없이 투박하지만, 여기서 만든 맥주 맛은 최고죠. 나도 그런 사람이 되고 싶어요. 원래 사람을 잘 사귀지 못해 외로웠는데, 한꺼번에 이렇게 많은 친구가 생겼다니 믿을 수가 없어요. 여러분은 고요했던 나의 우주를 다양한 목소리와 힘찬 에너지로 채워주셨어요. 누구에게든, 어떤 방식으로든 보답하며 의미 있는 삶을 살아가겠습니다. 여러분의 사랑을 잊지 않을게요. 고맙습니다. 다 같이 건배!"

수희는 아무런 일도 겪지 않은 듯 천진한 얼굴로 해바라기처럼 환하고 둥글게 웃었다. 그녀의 상처가 아물어가는 건지, 아니면 잠시 스치는 훈풍인지 알 수 없었지만, 내 앞의 그녀가 이 순간만큼은 행복하기를 진심으로 원했다. 그리고, 적어도 오늘 이 자리에서만큼은 인생이 축제와도 같다는 것을 믿고 싶었다. 케빈의 장례식에서 보았던 아이들의 모습이 떠올랐다. 다들 애도하는 자리에서 서로 꽃잎을 뿌려대며 장난을 치던 아이들. 벼랑 끝에도, 아스팔트 길의 틈새에도 꽃은 피어야 한다.

수희가 떠나고 나면 나는 앞으로 어떻게 될지 자문해보았다. 여기까지 나를 끌고 온 사람은 수희였다. 나를 위해 수희 앞에서 나 자신과의 약속 같은 것을 해두고 싶었다. 의지박약인 내가 무언가를 해내기 위해서는 어떤 형식으로든 의례가 필요하기도 했다.

"이제 모든 게 정리된 것 같군요. 한국에 도착하면 당신은 애너빌에서 있었던 일은 깡그리 잊을 테죠."

나는 서운한 심정을 담아 수희에게 말을 건넸다.

"그럴 리가요. 모든 일을 그렇게 쉽게 잊을 수 있다면 크게 힘들 것도 크게 기뻐할 것도 없을 거예요. 그러니까 그건 불가능해요. 내가 떠난다고 괜히 투정 부리는 거 아닌가요?"

"투정 부리면 받아주는 겁니까? 그렇다면 고려해보죠."

나는 짐짓 불퉁한 척했다.

"그럼요. 죄다 받아줄게요."

"그렇다면 가지 말아요."

"그럴까요?"

그러더니 수희는 장난기를 거두고 자못 진지한 기색으로 말을 이었다.

"떠나기 전에 꼭 부탁하고 싶은 게 있어요."

"그게 뭐든 수희 씨 부탁이라면 들어줘야죠."

"어렵겠지만 힘을 내요. 물론 시간이 꽤 걸리겠지만, 포기하지 않으면 좋겠어요. 그게 무엇이든 말이에요."

"안 그래도 그 일로 수희 씨와 약속 비슷한 걸 해둘까 합니다. 나와 동료들은 정부를 상대로 어떤 소송도 하지 않는다는 계약에 서명했어요. 대신 군인들이 임무를 수행하다 입은 피해는 정부가 전적으로 보상하고 책임을 진다고 했습니다. 그런데 금방 드러나지 않거나 한참 시간이 흐른 뒤 언젠가 드러날지 모르는 그런 예측 불가능한 피해는 누구에게, 그리고 어떻게 따져야 할지 몰라 다들 답답해하고 있습니다. 우선은 일본을 상대로 하는 소송에 나도 참여하려고 합니다. 향후 군과 정부에게도 책임을 물어야겠죠. 시간이 얼마나 걸릴지 알 수 없지만, 그리고 내 안에 자리한 위험요소가 언제 툭 튀어나와 내 몸을 망가뜨릴지 알 수 없지만, 그런 불안을 안겨준 당사자로서 책임을 지라고 소리라도 질러야겠습니다."

"잘 생각했어요. 힘이 없다고 해서 아무것도 안 하는 건 어떻게 보면 가장 쉬운 일이에요. 그냥 물러나 있는 거잖아요. 용서를 빌지도 않는 사람들을 용서해서도, 그 일을 잊어서도 안 되죠. 아, 잠깐, 그리고 당신에게 줄 것이 있어요."

수희는 양 손바닥을 펼친 크기만 한 노트를 내밀었다. 첫 장을 넘기니 독수리가 비상하는 모습을 그린 펜화가 있었다.

"훌륭해요. 그러고 보니 나는 아무런 선물도 준비하지 못했군요."

"존은 내게 충분히 많은 선물을 줬어요. 갈 곳 없는 나를 먹여주고 재워줬잖아요. 무언가 선물해주고 싶었는데, 모든 게 사라질 것이 뻔해서 어떤 선물이 좋을지 한참을 고민했어요. 그러다가 당신을 닮은 독수리가 떠올랐죠. 고통의 상징인 굴뚝새는 그만 날려보내고 독수리에게 나는 법을 배워서 같이 날아요. 그리고 숙제가 있어요. 노트의 나머지는 존이 직접 채워야 해요."

나는 수희가 그린 그림을 물끄러미 바라보았다. 재이가 떠난 뒤 나는 사라진 재이의 빈자리를 간직하며 살고 있었다. 무너지고 망가지는 자신을 보며 나도 아팠던 재이를 닮아간다고 느꼈기에 딱히 쓸쓸하거나 서럽지도 않았다. 하지만 이제 새로이 닮은 사람을 찾았으니 다시 살아갈 수 있을 것 같았다. 가짜 쌍둥이가 아니라 이상과 환상의 쌍둥이로. 가짜는 속임수이고 거짓이지만, 상상은 꿈이자 창조의 한 부분이다. 나는 수희에게 말하고 싶었다. 닮았다고. 그래서 느껴진다고.

"단아 양!"

들어올 시간이 지났는데도 보이지 않자 나는 소리 내어 단아 양을 찾았다.

"단아 양 여기 있어요."

이윽고 수희가 머무는 방에서 단아 양의 울음소리가 났다. 방문이 빼꼼 열려 있었다.

"들어와도 괜찮아요."

분주히 짐을 정리하던 손을 멈추더니 수희가 들어오라고 손짓했다.

"단아 양이 여기까지 침범했군요."

"그러게요. 그래도 잘 때는 항상 당신한테 가잖아요."

"이제는 서로 너무 익숙해져서 집수리가 끝나더라도 어머니한테는 못 보낼 것 같아요."

말이 끝나기도 전에 단아 양이 꼬리를 흔들며 곁으로 다가왔다. 말없이 목덜미를 간지럽히자 기분이 좋아진 단아 양이 그르릉그르릉 소리를 냈다.

"존, 무슨 할 말 있어요?"

아무 말 없이 엉거주춤한 자세로 고양이만 만지는 나를 쳐다보며 수희가 물었다. 망설임 끝에 말을 꺼냈다.

"혹시 시간이 된다면 보여주고 싶은 곳이 있습니다. 빅토리아 시대의 건물이 옛 모습을 간직한 채 줄지어 있고, 아트 갤러리가 많아 당신과 어울릴 것 같은 마을이 있어요. 그리 멀지 않은 곳에 있는데도 오랫동안 동면에 들어 있었던 터라 찾지 않았죠. 게다가…."

그쯤에서 나는 다시 머뭇거렸다. 나를 빤히 쳐다보는 수희의 눈을 피하지 않고 말을 이어나갔다.

"팜리코라는 아름다운 강이 그곳을 감싸고 있어요. 바닷물과 밀물이 섞이는 감조 하천이죠. 당신이 바다로 가기 전에 이곳을 거치는 게 어떨까 생각해봤습니다. 아직 물을 보는 것이 힘들까요?"

수희는 잠시 고심하는 듯하더니 이윽고 특유의 호기심으로 반짝이는 눈빛을 하며 물었다.

"좋아요. 그곳이 어디인가요?"

다음날 나는 수희와 같이 리틀 워싱턴으로 향했다.

"공교롭게도 워싱턴 D.C와 이름이 같습니다. 원래 이곳이 먼저라 오리지널 워싱턴이라고 부르기도 하는데, 인구 만 명 정도의 작은 도시라 리틀 워싱턴으로 더 알려져 있어요."

길을 걷다가 누가 먼저랄 것도 없이 아트숍에 들어가 어슬렁거리며 소품을 구경했다. 강변에 내리는 노을, 사과나무가 있는 풍경, 물고기 문양의 목걸이, 거북이 타일, 새집 모양의 벽걸이. 이어 내 눈에 낙엽을 형상화한 스테인드글라스 소재의 자그마한 램프가 들어왔다. 수희가 가게 안쪽으로 들어가는 사이 나는 램프를 샀다.

"등불을 밝히고 싶다고 했죠. 이건 당신에게 꼭 필요한 물건인 것 같군요."

수희는 감탄하는 눈으로 램프를 바라보았다.

"그러고 보니 워크숍 첫 시간에 그런 말을 했었네요. 이 램프는 마치 한 그루의 작은 단풍나무 같아요. 나무는 자신이 감당할 수 있는 무게의 잎을 간직하다가 어느 시점이 되면 모조리 버린다고 해요. 원래는 동생을 위해 그러고 싶었는데, 이제는 나를 위해 등불을 켜고 싶어요. 불을 켜고 고요 속에서 나의 참모습을 찾을 수 있겠죠?"

"무엇보다 용기가 필요한 일이겠군요."

"그래요. 우리 안에 감춰진 용기라는 심지를 찾아 불을 붙여야죠. 외롭더라도 뒷걸음질하지 말고, 불빛에 비친 그림자를 위안으로 삼으면 될 거예요. 누구나 살아 있는 한, 희망의 힘으로 버티니까요."

수희 덕분에 나도 이제 용기, 꿈, 희망과 같은 단어에 익숙해진 듯했다.

"단단히 준비되었다면, 강가로 가볼까요? 이것 역시 용기가 필요합니다."

내가 수희를 바라보며 동의를 구하자 그녀는 나지막하면서도 단호한 목소리로 준비가 되었다고 했다.

"구름 한 점 없는 하늘과 항구에 둥지를 튼 갈매기, 길고 가는 카누와 카약, 화려하거나 소박한 요트. 아무런 걱정도 없이 평화로운 모습이네요."

수희는 따스하고 부드러운 낯꽃으로 강을 바라보았다.

"이곳은 배도 있고, 항구의 모습을 하고 있지만, 바다로 가기 전에 거치는 강이죠."

내 말을 들은 수희의 눈빛이 애련해 보였다. 그러다가 그 눈에 슬픈 물방울이 맺히지는 않을지 겁이 나 얼른 말을 이었다.

"물은 아주 미세한 빈틈마저도 모조리 채울 의무가 있습니다. 조만간 우리도 바다를 볼 수 있겠죠?"

나의 표현이 정확했는지 자신할 수 없지만, 우리는 동시에 서로를 바라보았고, 밤하늘에 잠시 나타났다 스러지는 별똥별처럼 휙 지나가는 강렬한 감정에 사로잡혔다. 트랙터로 마음의 밭을 갈고, 콘크리트로 열을 가해 마음을 포장하며 버텨온 지난한 시간이 있었다. 그래도 어쩔 수 없는 마음은 때로 배가 고픈 위장처럼 절로 소리를 내기도 했다.

나는 수희에게 처음부터 이상한 연대감을 느꼈다. 비의 실루엣 같기도 하고, 투명한 잠 같기도 하고, 뜨거운 열대야 같기도 한, 의문의 동류의식이었다. 아름다운 그녀를 동경하는 것은 당연했지만, 연대나 동류의식은 낯설었다. 그녀는 멀리 있었고, 나와는 태생이나 습성, 마음 씀씀이, 행동거지에 이르기까지 모든 것이 달랐다. 그런 생각에 잠겨 바다 같은 강을 바라보았다. 언뜻 입술에 비눗방울 같은 작은 동그라미가 스치더니 가벼운 꽃잎인지 무언지가 톡 소리를 내며 사뿐히 내려앉았다. 눈을 뜬 채 꿈을 꾼 것일까, 아니면 영화 속 장면과 혼동했던 것일까? 어쩌면 헛거미에 지나지 않는 혼자만의 환상이었을지도 모르겠다.

나는 수희를 실은 비행기가 날고 있을 하늘을 바라보았다. 눈앞의 부연 거미줄을 죄다 걷어낸 세상은 맑고 고요했다. 갑자기 어디선가 구름 한 점 없는 빈 곳으로 커다란 독수리 한 마리가 날아들었다. 독수리의 날개는 햇빛을 받아 금빛으로 반짝거렸다.

저 새는 다른 곳에서 날고 있는 자신의 분신이 타전하는 신호를 감지하고 있을 터였다. 맑고 선명한 반쪽이 보내는 생의 힘찬 신호들을.

작가의 말

2017년 봄, 마음이 몹시 아팠고, 외로웠고, 슬펐고, 불행했습니다. 모든 굴레에서 벗어나 낯선 곳에서 마음을 챙겨보자는 생각에, 그해 여름 미국 노스캐롤라이나주 그린빌에 있는 이스트 캐롤라이나 대학에 초빙교수로 가게 되었습니다.

미국인 룸메이트와 함께 삼 개월 정도 지내다가 학생들이 주로 사는 기숙사형 숙소에 머물렀습니다. 활기찬 모습이다가도 어느 순간 우울한 표정을 짓는 대학생들을 보면서, 문득 비극적인 사건을 겪은 청년들이 서로 의지하며 힘을 얻는 이야기를 쓰면 어떨지 생각했습니다.

젊은 시절, 저는 그저 빨리 나이들고 싶었습니다. 그래서 모든 관심을 마술처럼 휘리릭 시간을 보내는 데 두었습니다. 하나의 불행이 채 지나가기도 전에 더 큰 불행이 닥쳤고, 끊임없이 거센 파도가 몰아치는 거친 세상에서 살아가는 게 두렵고 고단했습니다. 그렇지만 시간이 지나면서 고통의 농도가 서서히 옅어지며 바림질이 시작되었습니다. 언젠가 바다가 잠잠해질 때가 오고, 그러면 잠시 쉴 수 있다고, 그러니 일단 살아보라고 말해주는 그런 작품을 쓰고 싶었습니다. 어떤 불행이든 바닥이 있다고, 바닥을 치면 그때부터 올라오면 되는 거라고, 그 깊고 아득한 바닥을 찾으라고 말입니다. 국가나 인종, 이념과 상관없이 누구라도 공감하고 위안을 얻을 수 있는 그런 작품을 쓰고 싶었습니다. 작가로서, 기꺼이 독자의 등껍질이 되어주고 싶었습니다.

그동안 시와 단편소설, 에세이, 칼럼, 논문 등 다양한 글을 썼지만, 장편소설은 처음이었습니다. 2017년 9월 초, 일기를 쓰듯 하루에 A4 한 장씩 원고를 써서 2018년 3월경 『아일랜드 쌍둥이』의 초고를 완성했습니다. 이후 묵혀 두었다가 수정하기를 반복했고, 마침내 2023년 5월 5일, 출간 제안서와 줄거리, 원고를 출판사 몇 군데에 보냈습니다. 가장 먼저 클레이하우스에서 긍정적인 답신이 왔습니다. 계약 이후 보완이 필요한 부분을 재수정해 2024년 4월, 드디어 최종본을 완성했습니다. 『아일랜드 쌍둥이』가 세상에 나오기까지 무려 칠 년이 걸린 셈입니다.

작품의 모티프는 미국에서 일어나는 총기 사건들과 한국의 여러 참사, 동일본대지진, 그리고 젊은 군인들이 희생당한 사건 등에서 따왔습니다. 제가 낯선 미국 땅에서 일 년간 생활하며 만났던 사람들, 방문했던 곳, 읽었던 책에서도 많은 영감을 받았습니다.

작품을 구상하며 자료를 찾던 중, 우연히 아일랜드 쌍둥이를 알게 되었습니다. 아일랜드 쌍둥이는 같은 해에 태어난 형제자매를 가리키는 말입니다. 저는 여기에 영혼의 반쪽, 그리고 자신의 거울과도 같은 대상이라는 의미를 부여했습니다. 아일랜드 쌍둥이는 한갓 가짜 쌍둥이가 아니라, 서로를 사랑하고, 위하고, 다독거리며 함께 나아가는 존재를 말합니다.

가장 위로받고 싶을 때 타인을 위로하며 한 걸음 내딛는 용기는 우리 모두에게 필요합니다. 이제 마음속 용기라는 심지에 불을 붙여 작은 등불을 켜야 할 때입니다. 상처가 상처와 스치고, 사랑이 사랑과 스쳐 이 세상이 조금은 따스해지기를 소망합니다.

2024년 4월

홍숙영

아일랜드 쌍둥이

초판 1쇄 인쇄 2024년 4월 16일
초판 1쇄 발행 2024년 4월 23일

지은이 홍숙영

편집 김윤하
디자인 *studio* wcmc
일러스트 변영근
마케팅 ㈜에퀴티
제작 ㈜공간코퍼레이션

펴낸이 윤성훈 **펴낸곳** 클레이하우스㈜
출판등록 2021년 2월 2일 제2021-000015호
주소 경기도 파주시 회동길 530-20 402호
전화 070-4285-4925 **팩스** 070-7966-4925 **이메일** clayhouse@clayhouse.kr

ISBN 979-11-93235-16-4 (03810)

클레이하우스㈜가 더 나은 책을 펴낼 수 있도록 의견을 남겨주시거나 오타를 신고해주세요.
QR코드에 접속해 독자 설문에 참여해주신 분께 추첨을 통해 선물을 드리겠습니다.